FOSCHI
EDITORE

Gruppo Rusconi Libri S.p.A.
47822 Santarcangelo di Romagna (RN)
Finito di stampare nel mese di settembre 2017
presso Puntoweb srl, Ariccia (RM)

Silvia Di Giacomo

Lo stato di Dio

romanzo

PROLOGO
11 maggio 2031

Il Nuovo Stato Pontificio d'Italia, insediato ed effettivo, aveva riorganizzato il *die* dei propri cittadini:

ore 7,30 – Lodi mattutine
ore 11,30 – Santa Messa
ore 12,30 – Angelus, proiettato su tutti i megaschermi delle piazze di città, paesi e nuclei urbani
ore 17,30 – Santo Rosario
ore 18,30 – Santa Messa
ore 21,00 – Preghiera della sera

Così la giornata, in quegli ultimi tre anni, era stata scandita da nuovi appuntamenti inderogabili e imprescindibili, annunciati per le vie da una moltitudine di megafoni. Ma ciò che pochi considerarono un'invasione delle libertà personali venne dai più accolta come l'occasione di rallentare e frammentare i ritmi lavorativi, la gradita opportunità di terminare ogni attività formativa e professionale entro le cinque del pomeriggio.

Era il terzo anniversario della proclamazione del Nuovo Stato Pontificio d'Italia, avvenuta l'11 maggio 2028.

I
Matteo: 11 maggio 2031

Celeste uscì dal cancello della prigione mentre le Lodi mattutine cantate stavano per diffondersi nell'etere. Il tacco le si infilò in un buco dell'asfalto e solo un colpo di reni le evitò di cadere a terra. Le mani le tremavano e sentiva ancora il rossore scaldarle le guance. Recuperato l'equilibrio, si sbottonò l'unico bottone della giacca. La brezza mattutina le scivolò tra la fodera del tailleur e la canottiera di seta madida di sudore.

Aveva urlato e litigato per una quarantina di minuti con una giovane guardia, poi era stata ricevuta dal Commissario di Bologna in persona.

Era arrivata all'alba, all'orario di apertura, risoluta a vedere il suo cliente, ma la guardia era stata irremovibile: le misure di sicurezza straordinarie, adottate nel terzo anniversario dalla fondazione del Santo Regime, prevedevano la sospensione del diritto di visita per i prigionieri politici senza alcuna eccezione. La sua fama di leonessa del foro, un po' stronza e allergica ai compromessi, a nulla le era servita.

Respirò profondamente l'aria primaverile, ma l'agitazione non l'abbandonava e il cuore continuava a batterle all'impazzata nel petto.

Di indole non era solita rassegnarsi e professionalmente era abituata a battersi per i propri assistiti, senza però fare di ogni singolo imprevisto un fatto personale. Perché allora era così infuriata e frustrata?

Il nuovo regime confessionale aveva riformato la giustizia in senso autoritario e dispotico, senza procedure chiare e trasparenti, certo, ma non era questo che le aveva fatto perdere il controllo.

Il suo cliente, il Dottor Matteo De Rossi, ex giudice per le indagini preliminari al tribunale di Bologna, era diventato nel tempo un amico e la sua detenzione era l'evidenza del carattere repressivo del potere temporale che affliggeva il Paese. Anche questa era una verità incontrovertibile, ma lei aveva assunto le sue difese nel giugno del '29, cinque mesi dopo il suo arresto, e da allora era riuscita a trasformare il proprio sgomento in impegno e dedizione per cercare di ottenerne la liberazione.

Era stato l'arrivo del commissario, chiamato dalla giovane guardia per fronteggiare le sue rimostranze, a scatenarle un misto di timore, rabbia e profondo disagio. Quell'insistere sul suo essere di sesso femminile e quello sguardo carico di disprezzo e malizia che, liquido, le era scivolato sotto il pizzo del sottogiacca a cercare l'evidenza estetica del suo essere una donna che fa un lavoro da uomo. "Un giudice comunista difeso da una avvocata" le aveva detto schernendola e sottolineando la 'a' finale. Celeste aveva avvertito chiaro il lascivo desiderio dell'omino basso, dai capelli unti tagliati come un frate e dalla pelle del viso grassa, in parte coperta da un'ispida barba brizzolata. Un brivido le aveva percorso la schiena e l'aveva lasciata incapace di reagire, mentre sentiva la stanza umida e scrostata saturarsi della boria dell'uomo.

Ai tempi della Repubblica, ben lungi dal diventare Commissario Papale, il giovane avvocato, praticante nello studio di un suo vecchio amico, non era mai riuscito a superare l'esame di Stato ed era solito essere deriso dai colleghi per le sue opinioni obsolete e la sua formazione di cattolico integralista, xenofobo e misogino.

Dopo averla scortata in una stanza dei colloqui e averla fatta accomodare, l'aveva arringata su quanto fosse importante e delicato quel giorno per la sicurezza nazionale.

Il 31 maggio 2031 non era solo una giornata di festa per l'anniversario della nascita del Nuovo Stato Pontificio d'Italia, ma era anche lutto nazionale.

Il 31 maggio del 2026, infatti, in un contesto internazionale di tumulti e guerre e in un'Europa sconvolta da quasi quotidiane azioni terroristiche di stampo fondamentalista islamico, l'Italia aveva subito il più sanguinoso attentato della sua storia. Durante la messa pubblica del Santo Padre Papa Francesco II, di recente elezione, l'esplosione di una bomba e gli spari di numerosi cecchini avevano ucciso centinaia di fedeli e causato la morte del Pontefice in seguito alle ferite riportate.

Di fronte a tante vittime, le sue rimostranze per non poter parlare con il proprio assistito erano da considerarsi assurde e fuori luogo.

L'omino lo disse sfregandosi le mani, con gli angoli della bocca imbiancati di bava. Le aveva fissato le caviglie sottili e il cinturino delle decolleté a tacco alto. Poi era salito con lo sguardo lungo i polpacci fino al confine della gonna di lana, scivolata sopra il ginocchio mentre Celeste accavallava le gambe.

Le aveva ricordato che il prigioniero godeva del privilegio di poter leggere e di avere a disposizione carta e penna e di quello doveva solo ringraziare.

La minaccia di applicare a Matteo il regime di isolamento integrale l'aveva convinta a desistere.

Sulla spalla le pesava la borsa piena di fogli rilegati.

Come faceva ormai ogni settimana dal mese di luglio del 2029, aveva raccolto in una cartella tutti gli articoli più significativi della stampa nazionale e aveva selezionato con cura i file pirata dei quotidiani esteri che Sara le passava. Di questi ultimi aveva modificato solo i titoli, contando ancora una volta sull'ignoranza linguistica dei censori della prigione e aveva stampato il tutto. La sera precedente, come ogni volta prima dei colloqui, si era recata nella rilegatoria del suo vecchio amico Moreno e aveva fatto cucire il tutto.

Il regime privilegiato permetteva ai carcerati in isolamento di leggere, ma era vietato avere dispositivi elettronici. In un'era in cui i quotidiani avevano abbandonato la tiratura cartacea, quello era l'unico modo per permettere a Matteo di rimanere informato.

La stampa nazionale era controllata dal regime, ma la compagna del giudice riusciva sempre ad avere accesso agli articoli in inglese dei maggiori organi di informazione esteri.

Celeste si arrotolò la lunga coda di capelli intorno all'elastico, la fermò con una matita che sbucava dalla tasca esterna della borsa in pelle, poi sollevò la ventiquattrore dalla spalla e decise di portarla a mano fino all'automobile. Doveva andare in ufficio e avvertire Sara che non aveva potuto incontrare il suo uomo. Per farlo doveva usare il fax che teneva nascosto in un vano segreto dietro la libreria.

Matteo sciacquò con cura la maglietta sotto l'acqua, poi la strizzò avvolgendola su se stessa. Quando fu sicuro che non avrebbe colato troppo, la stese sul filo che pendeva nel vuoto, legato a una delle sbarre della finestra da un capo e alla spalliera del letto a castello dall'altro.

La cella era piccola, i muri scrostati per l'umidità e ovunque erano accumulate pile di fogli di carta scritti a mano e stampe rilegate.

Si lavò la faccia e pensò che, dal momento che non avrebbe incontrato l'avvocato, poteva evitare di radersi. Prese dallo scaffale una polo bianca e la indossò sopra i pantaloncini corti sportivi.

Era rinchiuso in quella stanza da due anni e mezzo. I più duri erano stati i primi sei mesi. Tutti coloro che pensano di non soffrire assolutamente di claustrofobia, ne sono convinti esclusivamente perché non gli è mai capitato di restare rinchiusi a lungo. Giorni e notti in solitudine, senza aria fresca e in balia di se stessi possono far perdere la capacità di intendere e volere anche alle personalità più solide.

Matteo era stato accusato di essere un nemico della religione cattolica e del suo Stato.

Quando il Nuovo Stato Pontificio si era insediato definitivamente, la giustizia laica venne completamente esautorata di qualsiasi autorità. I vecchi tribunali finirono con l'occuparsi esclusivamente di controversie riguardanti i pagamenti di tassazioni e tributi. La giustizia penale e la giustizia civile vennero riformate e amministrate dai tribunali ecclesiastici in ottemperanza ai dettami cattolici.

L'Italia divenne così un regime confessionale a tutti gli effetti.

Matteo, come tutti i magistrati più esperti e capaci, fu invitato ad accettare il trasferimento al tribunale ecclesiastico di Bologna. Da uomo laico e ateo, prima avrebbe dovuto abbracciare la religione cattolica in una conversione pubblica. Essere credenti e praticanti era condizione necessaria per tutti gli incarichi istituzionali e anche per poter accedere al mercato del lavoro privato.

Ma lui rifiutò la conversione e restò di assegnato al suo vecchio tribunale.

Ciò che in un primo momento era stato un invito, divenne un'imposizione e le pressioni furono sempre più insistenti. Matteo fu arrestato una prima volta nel 2028 per una lunga notte inquisitoria e imprigionato a gennaio del 2029.

Una volta rinchiuso, per sei mesi venne interrogato quasi tutti i giorni con un obiettivo che era non solo intimidatorio. Nel suo impegno di sensibilizzazione della cosiddetta società civile sul pericolo delle modifiche alla Costituzione approvate negli ultimi anni della Repubblica dalle forze restauratrici, che miravano al sovvertimento dell'orinamento democratico, Matteo aveva infatti conosciuto molti di quelli che poi sarebbero diventati convinti oppositori al regime. Aveva inoltre avuto contatti con i maggiori esponenti delle associazioni di omosessuali. La persecuzione omofoba aveva poi costretto i gay a nascondere la propria natura e le guardie ecclesiastiche a indagare sulle loro identità.

La prima volta lo prelevarono da casa insieme alla sua compagna, in una tarda serata di novembre del '28.

Quando sentirono bussare con violenza alla porta dell'appartamento di Sara, dove da un po' convivevano, Matteo capì immediatamente.

Guardò la sua giovane e bellissima donna, arrotolata sul divano a leggere vestita solo di un cardigan di lana, e poi osservò lo schermo del proprio pc. Avrebbe voluto proteggere lei e distruggere il computer e tutti i documenti che conteneva, ma non fece in tempo a fare nulla. Quando le guardie entrarono e li immobilizzarono, sullo schermo illuminato era quasi completo il suo intervento per l'Arcigay di Roma sulle persecuzioni omofobe dello Stato Pontificio.

Li fecero mettere in ginocchio con le braccia dietro la schiena e li ammanettarono. Sara tremava, con il maglione aperto e il seno nudo. Matteo si protese verso di lei per difenderla ma venne colpito da due calci allo stomaco. Disteso a terra, faticava a respirare e combatteva per non perdere i sensi.

Dopo un tempo indefinito, entrò un uomo in abiti civili che si presentò come il commissario della città. Si guardò intorno e fissò Sara come se gli fosse sufficiente lo sguardo per toccarla e per abusare di lei, poi ordinò di liberarla per permetterle di andare a vestirsi. Si chinò lui stesso su Matteo per aiutarlo ad alzarsi e a sedersi su una sedia: "Scusi Dottore, i ragazzi non la conoscono."

Sara si muoveva appoggiandosi ai mobili: la paura aveva trasformato le sue gambe in tronchi duri e rigidi. Matteo la vide cercare il suo sguardo e lui le offrì tutto ciò che riuscì: una smorfia a cavallo tra il dolore e la rassicurazione. Così, provando a controllare il panico, Sara si infilò in camera per indossare qualcosa mentre una delle guardie la scortava. Superò la soglia della stanza e senza aspettare chiuse la porta in faccia all'uomo dicendo: "Non vorrai guardare una donna vestirsi?"

Il commissario si sedette di fronte a Matteo. "Dottore, io la stimo, tutto il tribunale la stima, perfino gli avvocati parlano con rispetto di lei, ma andiamo male. Lei vive con una concubina, lei organizza riunioni illegali e promuove la cultura atea, relativista e perfino contro natura! Lei e la sua donna di facili costumi siete in arresto, in nome di Dio."

"Lascia stare Sara. Lei è la fotografa che ha scattato la foto che il tuo Partito della Nuova Restaurazione ha eletto a sua immagine. Lei ha la benedizione dell'Arcivescovo in persona! Che figura del cazzo faresti ad arrestarla?"

Il commissario si voltò verso una delle guardie, spostandosi da un lato per lasciare un raggio d'azione sufficiente al ragazzone in divisa con una grande croce tatuata sul collo. Matteo provò ad irrigidire i muscoli per prepararsi, ma il pugno lo colpì in pieno viso facendolo quasi cadere. Con le mani ancora legate sulla schiena riuscì ad ancorarsi alla spalliera della sedia.

"Senti, testa di cazzo" disse il commissario "mi sei sempre stato sui coglioni anche quando ti atteggiavi da grande giurista e mi prendevi per il culo perché non riuscivo a superare l'esame di stato. Adesso sono io a cagarti in testa, intesi?". Era incapace di controllare la rabbia che fino a quel momento aveva cercato di celare dietro agli atteggiamenti imposti dal prestigioso ruolo che l'Arcivescovo gli aveva affidato poche settimane prima. Poi, alzando il viso tumefatto di Matteo perché lo guardasse negli occhi, aggiunse: "La troietta adesso la portiamo con noi in questura, poi si vedrà. Prega il Dio in cui non credi che qualcuno la grazi, perché sennò sarà un onore per me occuparmi di persona della sua redenzione e della sua conversione."

Matteo gli sputò in faccia. Il commissario si alzò in piedi di scatto. Si pulì con la manica della giacca, e tremante di rabbia disse: "Ho il permesso di trattenerti una notte per interrogarti e aiutarti a scegliere la via del Signore. Ti insegno io a pregare e implorare, caro il mio giudice comunista!"

Sara riapparve in quel momento trattenuta per le spalle dalla guardia che l'aveva accompagnata. Tentò di lanciarsi verso il suo uomo ferito, ma era tenuta saldamente, allora urlò: "Ho avvisato l'avvocato. Dice che non avete il diritto, adesso arriva."

Il commissario in tre grandi passi le fu di fronte, mentre il giovane agente continuava a braccarla con una presa sempre più violenta alle braccia, preoccupato di essere punito per aver permesso alla donna di stare sola e di telefonare.

"Con te, idiota, faremo i conti dopo" gli disse secco il capo. Poi, rivolto alla prigioniera, aggiunse: "E tu invece, stronza? Che cazzo credevi di fare? Forse è vero che sei la fotografa del partito, ma rimani una troia concubina." E le piazzò una sberla sulla guancia destra.

Sara si chinò da un lato per il colpo, ma ritrovò subito il proprio equilibrio e fissò l'omino dritto negli occhi senza dire una parola, costringendolo a fare un passo indietro.

"Portate la donna in questura e il giudice direttamente alla Dozza, nelle sale interrogatorio" disse il commissario, turbato dalla sfrontatezza di lei. Gli era parsa tanto impaurita poco prima, ma ora, dopo il contatto fisico, dopo un colpo potente ben assestato, lo aveva sfidato. Al corso gli avevano insegnato che le donne hanno il terrore delle percosse e della violenza e che ogni interrogatorio o conversione, per far cedere le difese della prigioniera, doveva cominciare con minacce in tal senso o meglio con una bella sberla. Dove aveva sbagliato?

Matteo che conosceva il commissario aveva intuito quel pensiero e sentì lo stomaco rivoltarsi al solo pensiero che lei avrebbe continuato a sfidarlo, che non si sarebbe fermata davanti alla violenza fisica.

Voleva urlare, ma doveva mantenere il controllo. In fondo Sara aveva avvisato la sua amica e lei avrebbe di sicuro cercato l'Arcivescovo per farla liberare. Se avesse potuto parlare lui con l'avvocato le avrebbe chiesto di liberare prima Sara, ma almeno era stata informata.

Quella notte, quando si trovò per la prima volta nudo, legato a una sedia nel seminterrato della prigione, era a Sara che pensava. Era per lei che aveva paura, non per se stesso. Era alto più di un metro e ottanta e robusto di costituzione, per riuscire a legarlo avevano dovuto prima colpirlo più volte con un manganello, facendogli quasi perdere i sensi.

Quando riuscì a fatica a sollevare la testa si trovò davanti la faccia sudata ed eccitata del commissario.

"La tua troietta è amica del Capo, avevi ragione! Peccato, me la sarei lavorata con piacere! Vorrà dire che mi dirai tu ciò che voglio sapere e dopo andrai a lavorare dove diciamo noi!"

"Fottiti."

Matteo lo disse senza riflettere, riusciva solo a pensare che lei era salva, che stava bene, che presto sarebbe stata a casa loro, al sicuro.

Intanto un pugno lo colpì in pieno viso.

"Non in faccia, coglione, che è già pesto e poi quando esce è un casino!" gridò l'omino alla guardia che si teneva le nocche doloranti tra le dita.

Il sangue in tutta la sua dolce vischiosità invase la bocca di Matteo e gli colò lungo la gola.

"Io non so perché ci tengano tanto a te! Il mondo è pieno di buoni magistrati cattolici! Io mi farei dare i nomi dei pervertiti e degli infedeli e poi ti sbatterei dentro a vita!"

Il ragazzone in divisa con la mano ancora indolenzita gli sollevò la testa.

"Non ti darò un cazzo di niente."

Sull'ultima sillaba il manganello si accanì sul suo corpo e Matteo sentì una costola rompersi. La immaginò piantarsi in un polmone, perforarlo e farlo sgonfiare come un vecchio pallone liso. Annaspava alla ricerca d'aria. Pensò che sarebbe morto così, in quella lunga notte. Nella sua carriera aveva interrogato centinaia di vittime che in aggressioni tremende avevano temuto di perdere la vita. Molti di loro riferivano di aver visto scorrere nella mente i momenti più belli della propria esistenza. Lui chiuse gli occhi, e Sara fu lì davanti a lui. Era perfetta, con quegli occhi enormi e tormentati e quella pelle immacolata e liscia. La sola idea di lasciarla lo fece tremare. Si abbandonò a un pianto disperato che venne interpretato come un segno di resa. Ma lui non parlò e mentre il respiro diventava più affannato e il corpo un ammasso di carne dolorante, Matteo si aggrappò alla sua amata per non morire.

Quando si risvegliò in cella, la mattina dopo, si stupì di essere ancora vivo e si arrotolò sulla branda incapace di controllare il tremolio del proprio corpo.

A mezzogiorno venne rilasciato, ma le accuse a suo carico non erano cadute.

Due mesi dopo, nel gennaio del 2029, venne prelevato dal lavoro e imprigionato finché non avesse collaborato e si fosse pentito e convertito.

Quando fu caricato in manette sulla macchina della guardia papale, che nella nuova Italia aveva sostituito la Polizia di Stato, ebbe paura. Paura di cedere alle pressioni, paura di non camminare mai più libero per strada e paura per Sara, sola e preoccupata.

Si lasciò perquisire e abbandonò in una scatola i propri effetti personali, incapace di rimanere presente. Gli parve che i pensieri venissero creati dai battiti del cuore, come se il cuore stesso fosse una vecchissima macchina da scrivere che li imprimeva nel suo cervello. Ogni battito era come una stanghetta contro un foglio bianco. Più stanghette erano più lettere che componevano parole, e queste tutte insieme davano vita a paure, immagini e ipotesi di un possibile futuro buio e nefasto.

Per tre mesi fu sottoposto a interrogatori quasi quotidiani.

Provarono su di lui tecniche diverse, coercitive e non, ma Matteo resisteva.

Aveva costruito un muro immaginario e ci si era nascosto dietro, ma ogni volta che veniva ributtato in cella sapeva che un pezzo di quel muro era stato danneggiato, un pertugio aperto, una crepa creata.

Solo al buio della notte pensava a Sara; allora il muro spariva risvegliando tutta la sua disperazione. Lei, bella e fragile, era la vita là fuori, ciò per cui augurarsi di non morire. Paradossalmente pensarla lo rendeva fragile ed esposto.

Una notte la sognò nuda, inginocchiata ai suoi piedi in un gesto che faceva parte del loro personale modo di vivere la relazione e l'erotismo che la alimentava.

Si svegliò in preda all'eccitazione, con il corpo dolente per le percosse, ma il cazzo in erezione. Fece scivolare la mano verso il basso. Era da quando gli avevano messo le manette per condurlo alla Dozza che non aveva avuto un pensiero osceno, perché il sesso è vita e lui si stava preparando a distaccarsi da questa esistenza. Allora ricordò un vecchissimo film in cui un ragazzo imprigionato in un paese straniero per traffico di droga si ritrova, dopo molto tempo, davanti alla propria fidanzata e la implora di mostrargli un seno.

Rabbrividì e cercò di ignorare la voglia di lei e della sua carne bianca. Se voleva mantenere il controllo doveva fortificarsi, e per farlo doveva solo sfiorare il ricordo di Sara. Pensarla e desiderarla lo avrebbe ucciso o, peggio, avrebbe sgretolato il muro che durante gli interrogatori lo proteggeva. Si era ritrovato così a ripensare a quando da giovane prendeva lezioni di guida. Quando fissare un ciclista comportava finirgli irrimediabilmente addosso. L'unico modo per evitare la collisione era considerarlo con la coda dell'occhio, con distacco.

Il pomeriggio la porta della cella si apriva all'improvviso e due delle quattro guardie che si alternavano nei turni lo andavano a prendere per portarlo nelle salette insonorizzate.

L'attesa era in assoluto lo stato più pericoloso, quello in cui il cervello cercava di imporgli la resa e il corpo lo implorava di sottrarsi a ciò che lo aspettava.

Poi, dopo tre mesi di domande e botte, i carcerieri smisero di andare a prelevarlo.

Un giorno, due giorni, tre giorni e poi settimane senza che nessuna porta si aprisse se non per passargli il cibo.

Solo e in silenzio, si ritrovò a combattere contro demoni di cui non conosceva l'esistenza.

Perse la voglia di lavarsi e di mangiare. Un pomeriggio si spogliò e si raggomitolò in un angolo del letto a castello.

La veglia e il sonno si fusero in una condizione intermedia dove allucinazioni e sogni convivevano.

Matteo sentiva presenze nella stanza e a occhi chiusi pregava di non essere notato. Voci vicine e mani a sfiorarlo e minacciarlo lo strappavano ai pochi momenti di sonno profondo. Neanche i sogni erano di alcun conforto. Sognava Sara che gli diceva che era libero, che era riuscita a farlo scarcerare, ma lui doveva stare in casa nascosto, perché nessuno doveva sapere della sua liberazione. Angosciato e frustrato chiedeva il motivo di quella nuova reclusione casalinga e poi si svegliava nell'umidità della cella. Allora gli diventava impossibile distinguere la fantasia dalla realtà e nel tempo le due finirono per equivalersi ai suoi occhi e divennero due diverse dimensioni egualmente verosimili. Implorava di trovarsi da Sara e di avere il coraggio di godersi il suo amore senza soffrire del buio e della mancanza d'aria. Quando la mente riusciva a portarlo finalmente là, si stringeva a lei finché il buio non si animava di voci e mani che lo ributtavano nell'abisso.

E lì, immobile, incapace di controllare i propri muscoli, subiva le minacce e il tocco di presenze cui non poteva sottrarsi.

Una mattina in cui il sole entrava dalla piccola e alta finestra della cella, una guardia entrò per ordinargli di lavarsi e vestirsi per incontrare l'avvocato. Lanciando un pacchetto sul letto disse: "Il tuo avvocato ti aspetta tra un'ora per un colloquio. Lavati che fai schifo!"

La parola *avvocato* rimbombò nei suoi abissi, strisciando tra i suoi demoni e riportandogli alla mente la vecchia vita: il tribunale, i processi e le quotidiane discussioni con difensori talvolta aggressivi, talvolta concilianti, capaci e incompetenti, ma pur sempre reali.

Si scusò con Sara che gli sembrava attenderlo nell'unico

mondo in cui potevano in quel momento stare insieme e si apprestò a prepararsi.

Celeste si alzò appena lo vide entrare nella stanza. La sconvolse trovarlo in quello stato, nonostante la barba appena fatta e la camicia che lei stessa gli aveva fatto portare, ma lui non ebbe la forza di notarlo.

Lei era perfetta nel suo pantalone nero e camicia di seta bianca.

Gli strinse la mano dicendo: "Sono onorata di essere il suo avvocato, signor Giudice."

Matteo rispose alla stretta e, sedendosi un po' goffo, rispose: "Ciao Celeste. Direi che ci possiamo chiamare per nome, viste le circostanze."

"Certo scusi... cioè scusa... Matteo."

"Com'è successo che mi hanno dato un avvocato?"

"Veramente sono mesi che chiedo di vederti e di poterti rappresentare. Io e un'amica comune abbiamo impiegato almeno due settimane per sapere dov'eri e tutti questi mesi per arrivare a questo punto..."

La donna parlava, ma lui si era concentrato solo sull'innominabile conoscente comune: Sara. La realtà finalmente lo avvolse come un manto rassicurante e un nuovo respiro profondo gli diede un attimo di serenità, permettendo ai pensieri di organizzarsi in senso logico per la prima volta da molto tempo.

Allora intercettò la domanda di Celeste: "Come stai? Che posso fare per te?"

"Trovami del Lexotan e vedi se posso avere qualcosa da leggere e carta e penna... ma soprattutto occupati al meglio della nostra amica comune."

I discorsi che seguirono rimasero per Matteo sospesi

nell'aria, ma un nuovo inizio parve anche a lui possibile.

Alcune settimane dopo Celeste ottenne di alleggerire il suo regime di isolamento con alcune concessioni: la possibilità di ricevere la stampa di articoli di giornale e di scrivere.

Fu così che Matteo decise di raccontare di sé, della propria storia e del suo Paese, per rispondere alla domanda di come si fosse arrivati a quel punto. Le vicende personali e politiche si erano influenzate, incrociate e insieme componevano la vita, ma il pensiero di Sara era un pensiero pericoloso. Lei era tutto ciò su cui avrebbe voluto concentrarsi, ma doveva guardare dritto e sfiorarla con sguardi veloci e fintamente distratti, altrimenti sarebbe andato fuori strada e l'abisso era lì ad aspettarlo oltre il ciglio.

II
Sara: 11 maggio 2031

Sara, nel suo appartamento nel quartiere San Donato, riempiva velocemente una capiente borsa. I megafoni, dopo aver invitato i fedeli a recarsi nei luoghi di culto per le Odi mattutine, stavano terminando la trasmissione in diretta dalla Basilica di San Pietro.

Avevano invocato nell'etere "Oh Dio vieni a salvarmi, Signore vieni presto in mio aiuto…"

"Già Signore, cazzo, aiutami a non finire in una delle celle delle stadio e dammi due giorni di pace nel mio Casale dell'amore!" aveva risposto tra sé e sé la giovane donna, mentre prelevava dai cassetti e dagli armadi aperti un po' di vestiti e un paio di libri.

Intanto fuori i preparativi fervevano e le misure di sicurezza adottate erano quasi maniacali, nei controlli e nel presidio del territorio. Coloro che venivano considerati dissidenti erano interdetti dal partecipare alle manifestazioni. Spesso, per precauzione, venivano prelevati da casa per essere condotti in luoghi controllati dalle forze dell'ordine, come stadi e palasport. A Bologna il Dall'Ara era stato da giorni attrezzato come una gigantesca prigione a cielo aperto, con il prato fitto di gabbie in ferro atte a contenere i cittadini religiosamente e socialmente pericolosi perché venissero controllati a vista dai militari del Santo Esercito. Quest'ultimo, nato in sostituzione delle Forze Armate, era stato schierato in tutte le città al massimo dell'allerta per paura di attentati. Inoltre la Guardia Papale, costituita in parte della vecchia polizia di stato e in parte – nelle cariche più importanti – da esponenti fedeli al Partito della Nuova Restaurazione, aveva impiegato tutti i suoi uomini per le attività investigative e di prevenzione.

Sara indugiò davanti all'anta del guardaroba: gli abiti di Matteo erano appesi uno a fianco all'altro, stirati e profumati dal deodorante che lei cambiava ogni mese. Al suo ritorno – se fosse tornato – li avrebbe trovati come piacevano a lui: ordinati e pronti all'uso. Sentì lo stomaco contrarsi, distolse lo sguardo e si trovò di fronte alla propria immagine riflessa nello specchio intero. Aveva il viso segnato dalla tensione e qualche capello bianco rigava il caschetto corto, castano. Indossava un completino intimo bianco e la sottoveste in coordinato, stesa sul letto, aspettava di essere infilata. Era inutile negarlo: ovunque guardasse tutto era predisposto per compiacere il suo amore, per accoglierlo al momento della sua liberazione. Si profumava come lui amava e vestiva come lui era solito chiederle, solo che tutti gli abiti e le gonne le cadevano larghi di un paio di taglie. Da quando lo avevano portato in prigione Sara non era più riuscita a consumare un vero pranzo. Il suo stomaco si rifiutava di nutrirla per più di due minuti, così era costretta a mangiare piccole porzioni più volte al giorno. Si osservò le gambe sottili e le parve che i piedi fossero giganti.

Venne distratta dal rumore del fax. Corse in cucina e guardò con apprensione il foglio uscire dalla vecchia macchina. Era una specie di cimelio che sua madre aveva conservato in garage per una vita, e che forse da lassù aveva voluto donarle per permetterle di comunicare in un'epoca in cui tutte le conversazioni in rete erano controllate, come i media. Se si fosse rotto sarebbe stata la fine.

Il fax proveniva da Celeste, che era stata il suo avvocato di fiducia e che ora difendeva Matteo. Diceva che non sarebbe riuscita a vederlo in giornata per via delle norme di sicurezza straordinarie. Immaginando che il permesso di visita sarebbe stato negato, lo aveva sentito telefonicamente per una brevissima conversazione la sera precedente. Era stanco, ma non gli era accaduto nulla di grave, in caso contrario glielo avrebbe sicuramente detto. Di lei non avevano potuto parlare, ovviamente, ma doveva stare tranquilla, si sarebbero sentite presto.

"Certo, devo stare tranquilla, ma come cazzo faccio?" pensò stringendo il foglio A4 tra le dita: "Il mio uomo è in galera nelle mani della nuova inquisizione e io non dovrei essere in ansia. Non lo posso vedere, non lo posso sentire perché in base alla loro legge io non sono niente per lui. Amore, dai loro quello che vogliono e torna da me! Che cosa te ne frega? Fallo per me!"

Quel Dio crudele doveva averle tolto anche le lacrime, perché avrebbe voluto piangere, ma riuscì solo ad accartocciare il foglio e a romperlo fino a conficcarsi le unghie nel palmo della mano.

Sentiva il sangue bagnare la carta e scivolare nelle pieghe della carne. Il dolore invece era coperto dall'immagine del suo uomo e dalla sofferenza cui doveva fare fronte; così strinse il pugno con maggiore forza finché il pensiero non cedette al monopolio del dolore fisico.

Esorcizzare la realtà attraverso la punizione del corpo era una pratica che Sara conosceva fin troppo bene e che dominava sempre più a fatica.

Matteo era il suo equilibrio, lui era lo specchio in cui riflettersi e trovare pace e lui non c'era.

Un nuovo fischio del fax la strappò dal suo deserto.

Ciao capa,
il nostro Casale dell'amore è pulito, controllo fatto!
La camera gialla al primo piano è pronta per te.
Le altre sono tutte occupate da gente a posto.
Ho finito il mio turno e me ne andrei da una contadina qui vicino...
ma se tu vuoi compagnia io resto!
Lucia

Sara prese carta e penna e velocemente rispose:

Grazie Lucia,
bel lavoro.
Di' a chi ti sostituirà che tra un'oretta dovrei essere lì.
Stai attenta!
Sara

Sull'invito preferì sorvolare, ma fu grata alla ragazza del sorriso che le aveva strappato.

Fece scivolare il foglio nel vecchio fax e lo inviò.

Le Odi mattutine erano finite da un bel po': era ora di andare.

Tornò in camera, scelse un abito leggero color pesca e si vestì. Si chinò a terra per prendere gli anfibi che erano finiti sotto il letto. Li fece scivolare oltre il confine del materasso, poi si allungò ancora per raggiungere una grossa scatola. La arpionò con un dito e la tirò verso di sé. Si sedette a terra e la aprì come se si trattasse di uno scrigno magico. Rimase un istante a osservare la sua vecchia macchina fotografica. Durante la Repubblica era stata la sua preferita. L'aveva utilizzata per foto erotiche, per documentare manifestazioni e per immortalare i suoi affetti. Quando il nuovo papato aveva schedato tutti gli apparecchi fotografici e i loro proprietari, lei l'aveva occultata senza indugi: aveva deciso di tenerla per sé, di sottrarla ai controlli di rito. Ne aveva ufficializzata una del tutto simile all'osservatore inesperto, ma quella no, quella era il suo segreto.

Il servizio che più aveva amato e dal quale erano nate alcune tra le più belle foto esposte nelle sue mostre personali risaliva ad un progetto del 2025. In occasione della settimana della moda le era stato chiesto di aggirarsi tra i backstage delle sfilate degli stilisti emergenti per immortalare i direttori artistici di domani, i sarti, i truccatori, i parrucchieri e soprattutto le modelle. Le sfilate per così dire *minori* si svolgevano in un grande capannone fuori Milano e i camerini erano un incrocio di cunicoli pieni di specchi e di postazioni per il trucco e il parrucco. Erano stati ricavati suddividendo il grande ambiente dietro la passerella con teli bianchi di cotone grezzo. I designer si alternavano insieme ai loro staff in quegli ambienti, riempiendo il bianco diffuso con i colori delle loro collezioni e con il vociare di indaffarati operatori intenti a organizzare al meglio e nel minore tempo possibile lo show.

Sara si era mossa veloce e quasi invisibile per tutta la settimana tra quella moltitudine operosa e tra i teli separatori, facendo foto per i propri committenti, ma trovando anche il tempo per l'ispirazione di scatti più intimi e artistici da utilizzare per la propria collezione personale. Si trattava di particolari del corpo femminile, come seni nudi tremanti, attraversati da brividi di freddo, oppure di delicate linee di confine tra pelle e pizzi preziosi, o ancora di gioielli appoggiati al petto inquadrati in primo piano, perfetti e luccicanti, mentre le piccole imperfezioni dell'incarnato, annebbiate e sensuali, rimanevano sullo sfondo. Si era concentrata su ciò che da sempre amava ritrarre: la bellezza delle donne, la delicatezza degli angoli nascosti del corpo femminile che, proprio perché spesso ignorati e sottovalutati, racchiudono il segreto impalpabile del fascino.

Sara amava le immagini erotiche e non disdegnava avventurarsi nella sensualità, ma negli anni aveva anche venduto molti scatti di eventi pubblici a riviste e quotidiani.

Prima del grande attentato del 2026, molte azioni terroristiche minori – sempre di stampo islamista – avevano sconvolto l'Italia mentre l'Europa tutta era in fiamme. Le manifestazioni, sia a favore che contro le leggi speciali anti immigrazione, erano diventate la quotidianità, così come i violenti scontri con le forze dell'ordine. Sara, in quegli anni, oltre a prendere la sua macchina fotografica e la sua sciarpa per ripararsi dai fumogeni e correre a raccogliere scatti, continuava ad accettare servizi su spettacoli e feste. La vita doveva andare avanti, e lei non si rassegnava a smettere di lavorare come aveva sempre fatto.

Fu proprio una di quelle foto, inaspettatamente, a salvarla dal carcere e dalla cosiddetta conversione forzata al cattolicesimo praticante.

Un tardo pomeriggio di fine ottobre del 2025, Sara faticava ad uscire dal letto del proprio amante a Imola. Le prime nebbie erano arrivate in anticipo e il calore imprigionato dalle coperte rendeva più difficile del solito alzarsi e vestirsi. Era stata una domenica perfetta, ne era languidamente consapevole. Era arrivata il giorno prima verso le sei del pomeriggio e da allora non si era mossa da quell'appartamento, lasciandosi cullare dall'idea che fuori il mondo si fosse estinto e che in fondo non fosse una tragedia. Si era spogliata degli abiti e della maschera che solo lui era in grado di toglierle, poi si era consegnata a quell'amore che da qualche mese le si era infilato sottopelle come un vizio, come un virus.

L'agenda elettronica aveva segnalato già un paio di volte l'appuntamento a Bologna delle ore venti per lo spettacolo teatrale per il quale le avevano commissionato un servizio. Doveva alzarsi, doveva assolutamente mettere un piede giù dal letto e prepararsi. Matteo giaceva accanto a lei nudo, con le gambe divaricate e un braccio sulla fronte. Aveva gli occhi chiusi ma non stava dormendo, il suo respiro era leggero. Sara si staccò delicatamente dal suo corpo, sicura che quello fosse il posto dove avrebbe voluto stare per il resto della vita. Sollevò le coperte e attese che l'aria fresca la attraversasse. Si sedette sul bordo del letto e si coprì il volto con le mani.

"Stai bene?" chiese lui, senza muovere un muscolo.

"Sì, tutto ok! Non ho voglia di andare. Solo questo."

"Non andare, resta."

"Non posso. Il proprietario del teatro è uno stronzo, ma paga bene e subito."

"Allora fatti una doccia calda... intanto io metto su un caffè."

Sara si alzò. Aveva i muscoli ammaccati e sentiva male ovunque.

In bagno si fermò davanti allo specchio. Aveva occhiaie profonde, occhi lucidi e, girandosi leggermente, vide il riflesso rosso intenso del proprio culo sul quale erano impresse le impronte delle mani di lui. Un'ondata di calore la attraversò colorandole le guance e risvegliando una diffusa sensazione di sensuale piacere.

Aprì l'acqua della doccia. Appena il fumo iniziò a salire verso l'alto, si buttò sotto il getto bollente.

Quando, vestita e truccata si affacciò in cucina, Matteo a torso nudo stava servendo il caffè. Era alto e leggermente sovrappeso: lei avrebbe voluto tornare indietro nel tempo, alla sera prima, per potersi inginocchiare di nuovo ai suoi piedi e baciargli le mani senza pudori, senza paure.

"Vieni, è pronto." disse lui sollevando lo sguardo e sorridendo.

Sara annuì e si sedette.

"Sei bellissima, anche se ti preferisco con la gonna."

"Lo so, ma dovrò muovermi veloce tra il pubblico e il retropalco, devo essere comoda."

Erano mesi che si frequentavano, ma ancora i suoi commenti la imbarazzavano. Si sentiva come una bambina, sospesa tra il timore reverenziale e il bisogno di approvazione.

L'orologio alla parete segnava le sette. Avrebbe dovuto guidare fino a Bologna e soprattutto trovare parcheggio vicino al teatro, per non impazzire con il borsone della macchina fotografica e degli obiettivi e con il cavalletto.

Bevve il caffè, prese lo zaino e guardò Matteo in silenzio. Lui si avvicinò e la strinse a sé facendole quasi perdere l'equilibrio. La baciò sulle labbra e la fissò negli occhi. "Sicura che stai bene? Ti ho fatto male?". Non era la prima volta che glielo chiedeva dopo aver fatto sesso: era evidente che quel modo di prenderla, di dare sfogo alla propria natura predatoria e alle fantasie di dominazione era sconvolgente e totalizzante anche per lui, e che in qualche modo ne era scosso.

Lei lo rassicurò, non per compiacerlo, ma semplicemente perché era vero. "Sto bene, te lo giuro. Ricadrei ora ai tuoi piedi se potessi. Grazie di tutto..."

"Stai attenta a Bologna... la questura dice..."

Lei lo interruppe baciandolo ancora poi gli sussurrò sorridendo: "La questura non sa un cazzo, vuole solo far chiudere la gente in casa!"

"Sarà, ma tu fai attenzione, ok?" rispose lui schiaffeggiandole leggermente il culo.

Sara sobbalzò e poi si diresse verso l'uscita. Raggiunse l'auto parcheggiata davanti alla vecchia casa e fece il cambio di borsoni, riponendo lo zaino nel bagagliaio e spostando sul sedile posteriore tutta l'attrezzatura da lavoro.

Il traffico, la nebbia e la difficoltà a trovare parcheggio servirono al destino affinché Sara si trovasse alle ore venti a correre sotto ai portici per non perdere l'inizio dello spettacolo. Quando vide il vecchio stabile ristrutturato ad albergo di lusso dentro il quale era stato costruito il piccolo teatro, il fiatone le impose di rallentare.

Fu allora che accadde qualcosa di imprevisto e terribile.

Le arcate del portico tremarono e si incurvarono in maniera surreale, mentre un boato assordante rimbombava propagandosi a onde concentriche.

Sara cadde a terra proteggendo istintivamente la sua amata Canon appesa a tracolla.

Le ci vollero alcuni minuti per realizzare l'accaduto. La città ebbe bisogno del medesimo tempo.

Un silenzio irreale aveva invaso la via: nessuno passava, tutto era immobile, annegato nell'esplosione.

Quando i pensieri ripresero a fluire e una cieca e fredda paura iniziò a fischiarle nelle orecchie, si accesero le prime sirene e urla come di bestie ferite cominciarono a provenire dall'altro lato della strada. Sara strinse a sé la macchina fotografica, dimenticando a terra il borsone degli obiettivi. Si avvicinò all'edificio colpito: dal portone dell'albergo usciva una nuvola di fumo denso e caldo.

Attraversò la strada. Coprendosi il viso con un braccio, provò a entrare.

Il teatro si trovava dalla parte opposta dell'edificio, anche se l'entrata era unica. Le era difficile orientarsi tra la polvere e l'intermittenza delle luci di emergenza, ma era evidente che l'esplosione aveva colpito proprio il teatro. Uomini e donne feriti, con gli occhi sbarrati, vagavano come zombie in quella che si faticava a riconoscere come la hall di un hotel di lusso. Sara prese la macchina e iniziò a scattare a caso, mentre il suo flash si sovrapponeva alle luci irreali delle lampade a soffitto.

Nel buio intermittente era proprio quel flash ad illuminare per un istante immagini di corpi, macerie e brandelli di vestiti. Sara osservava il video e procedeva lenta, quando le parve di aver immortalato in un paio di scatti una figura femminile. Alzò lo sguardo e vide apparire e sparire nel buio una giovane donna, con il vestito nero strappato, i capelli bruciati e un bambino tra le braccia, un bambino con la manina destra pendente nel vuoto.

Smise di scattare e le andò incontro per aiutarla. La sentì appoggiarsi a lei con tutto il peso, suo e di suo figlio.

Non riuscendo a sostenerli entrambi, Sara si lasciò cadere a terra attutendo con il proprio corpo la caduta. Avvertì sotto le mani il pavimento sporco e qualcosa la ferì al palmo destro. Strinse i denti e aiutò la madre a sedersi, poi si alzò. Prese in braccio il bambino e con la mano libera aiutò la donna a ritirarsi su e ad appoggiarsi a lei. L'adrenalina non le faceva sentire né caldo né dolore, e le parve che anche la polvere non ostruisse più la respirazione. Si trascinò fino all'uscita. Vigili del fuoco con i visi coperti e i respiratori rumorosi le passavano accanto, ma sembravano non vederla. "Forse sono morta" pensò "forse io, questa madre e la sua creatura siamo tutti e tre morti e non usciremo mai da questa hall. Forse l'inferno è un grande albergo e questa è la reception."

Quando l'aria esterna le inondò il viso come una doccia fredda, alcuni uomini finalmente li soccorsero. Sara allora fece ciò che non aveva avuto il coraggio di fare fino a quell'istante: guardò la creatura che teneva tra le braccia. Non lo avrebbe mai più dimenticato.

L'immagine del visino bruciacchiato, degli occhi ribaltati all'indietro e della bocca spalancata di quel bambino morto avrebbe abitato i suoi sogni per tutto il resto della sua vita.

Una barella arrivò veloce accanto a loro per caricare la donna, che si appoggiava sotto shock a Sara, e che non voleva lasciare la presa al fianco di colei che l'aveva portata in salvo. Un uomo in camice bianco con delicatezza le aprì la mano e di peso la fece distendere, poi le appoggiò la maschera dell'ossigeno sulla bocca.

Un'infermiera prese il piccolo dalle braccia di Sara. Quando sentì quel peso lasciarla le sembrò di essere diventata troppo leggera, come se fosse stata quella creatura ad ancorarla a terra. I pensieri le volarono via e dovette concentrarsi per chiedere “Dove lo portate?”

“Non lo so” disse la donna. “Lei segua la mia collega sull’ambulanza. La controlleranno.”

Sara obbedì mentre le immagini degli scatti le si accalcavano alla mente. Solo in quel momento realizzò che stava respirando a fatica e aveva la gola in fiamme per il bruciore.

Un medico la visitò con cura. Lei si lasciò spostare e sollevare gli abiti senza opporre resistenza, ma incapace di aiutare. Lo guardava misurarle la pressione, controllare il battito cardiaco e tutte le funzioni vitali, come se lo stesse facendo a un’altra persona, non a lei.

Quando venne lasciata sola in attesa che qualcuno la preparasse per partire per l’ospedale, Sara si guardò il braccio coperto di sangue e vide il video dell’orologio multifunzione illuminato sotto uno strato di densa polvere. Lo pulì con la manica della giacca, sollevò i piccoli pannelli solari e aspettò che si componesse nell’etere l’immagine delle chiamate perse. Apparve uno schermo luminoso disegnato da raggi di luce rossa con almeno venti nomi. Sicuramente la televisione aveva parlato dell’attentato e tutti erano preoccupati per lei, ma lei cliccò solo su *Matteo*. Aveva lasciato decine di messaggi sia vocali che scritti. L’ultimo diceva: *Se sei sopravvissuta amore giuro che non ti farò mai più uscire dal mio letto, neanche per andare in bagno.*

Mentre l’infermiera le risistemava gli abiti, le infilava la maschera dell’ossigeno e la faceva sdraiare, lo rilesse decine di volte. Aveva scritto *amore,* aveva davvero scritto *amore*. Si accorse che il sedativo che le avevano dato cominciava a fare effetto, allora salvò veloce il messaggio e riuscì a scrivere solo *Ok, non andrò più via*.

Nelle settimane a seguire Sara si rimise completamente in forze. Matteo le restò accanto nel suo appartamento bolognese. L'attentato venne rivendicato senza troppe spiegazioni dall' Isis. Le vittime accertate furono trentadue, tra cui il piccolo che Sara aveva tenuto tra le braccia e il comico che si sarebbe dovuto esibire quella sera.

Le foto scattate dalla Canon furono prima requisite dagli inquirenti, poi date ai giornali senza chiedere l'autorizzazione alla fotografa. Quando lei se ne lamentò, le venne risposto a muso duro che la fama che ne avrebbe tratto l'avrebbe ripagata ampiamente dell'inconsueta pubblicazione senza liberatoria. In particolare uno dei due scatti della donna ferita con il bambino in braccio venne adottata dal Partito della Nuova Restaurazione come simbolo del progetto di fondazione di un Nuovo Stato Pontificio, basato sulla lotta al terrorismo, all'islamismo e al relativismo ateo.

Sara, seduta a terra nel suo appartamento, sapeva che doveva la propria libertà a quella macchina che teneva nascosta sotto al letto. Senza quella foto, senza quella fama non voluta, lei, atea, convivente, fotografa di corpi nudi e sensuali, sarebbe sicuramente stata arrestata dal nuovo regime e avrebbe subito la rieducazione cattolica. Lei non era forte come Matteo, avrebbe avuto paura e alla fine avrebbe accettato di convertirsi, ne era sicura. Quel pensiero le faceva un male tremendo e non vi era modo di esorcizzare la profonda vergogna. Il vuoto e la solitudine possono essere ingannati, ma il disprezzo per la propria natura le scorreva nelle vene come il proprio essere.

Sara finì di riempire il proprio bagaglio facendo scivolare sul fondo la macchina fotografica e riponendo con attenzione sopra a tutto il fax. Lo coprì poi con un vecchio asciugamano e chiuse con attenzione la zip.

Prese l'auto dal garage e si avviò per le strade. Nel bagagliaio aveva un doppio fondo, ma il pensiero che la potessero fermare e perquisire la terrorizzava. Di solito le era sufficiente esibire un documento perché la guardia del caso si inginocchiasse davanti all'autrice della patriottica foto della *Pietà con bambino*, ma non era il caso di stare troppo tranquilla.

Fu proprio mentre era assorta in quei pensieri che realizzò che per addobbare la città per il grande evento avevano scelto di piazzare ovunque quell'immagine. Ogni schermo, ogni cartellone digitale, ogni maledetto angolo in cui fosse possibile affiggere qualcosa era ricoperto dalla donna con lo sguardo sconvolto e dalla sua creatura esanime, come una moderna eroina della restaurazione o come una nuova Pietà. Sempre la stessa foto, ma le frasi sovrascritte si alternavano. Sara provò a leggerne una, ma dovette distogliere veloce lo sguardo e inchiodare per non tamponare. La scritta bianca su fondo nero iniziava con "Dio benedica le vittime del terrore."

Provò a distrarsi accendendo la radio, ma le dieci stazioni autorizzate trasmettevano solo programmi religiosi, improbabili talk show o musica pop con testi raccapriccianti di amori casti e puri nati durante battesimi o nelle parrocchie. Il rock era stato dichiarato illegale: caricare sul lettore dell'auto file pirata, in quel giorno, era un azzardo. Così scelse il silenzio.

Le veniva istintivo osservare le donne per le vie dalla

città e immaginare di rubare uno scatto spontaneo di un particolare, di una caviglia sottile, di una gonna svolazzante, di una nuca arrossata dal sole o di una mano tra i capelli a tradire un pensiero inopportuno. Erano tre anni che non riguardava la propria collezione personale e soprattutto che non aveva il coraggio di scattare per strada. Alle feste e alle cene in casa immortalava le amiche, ma non riusciva a trovare quella spontanea sensualità della vita che scorre inconsapevole davanti all'obbiettivo.

Il ricordo delle mostre personali sembrava appartenere a un'altra esistenza.

Sara guidava assorta nei propri pensieri mentre i numerosi posti di blocco avevano dato vita a un traffico inusuale anche nelle vie solitamente deserte che si diramavano verso la campagna. Negli ultimi dieci anni la città, come un polipo, aveva cercato di allargarsi in quasi tutte le direzioni facendo avanzare i propri tentacoli fatti di palazzi e cemento. L'urbanizzazione aveva trasformato quelle arterie, che una volta erano circondate solo di campi coltivati, in quartieri-dormitorio, grigi e inospitali. Là dove la cementificazione non era arrivata, il paesaggio aveva un aspetto ancora più surreale: i condomini bassi e le piste ciclabili deserte ricevevano la luce riflessa dalle centinaia di pannelli solari che avevano nel tempo sostituito le piantagioni.

All'altezza del cimitero di Medicina, nell'ultimo avamposto sulla Statale San Vitale, a fianco del posto di blocco e del controllo documenti, un gruppo di donne chiacchierava timidamente con i soldati. Alcune erano vestite di nero, con i foulard a coprire il capo, altre in abiti colorati nascondevano pudicamente la pelle delle spalle sotto leggere sciarpe. Un gruppo di bimbetti sudati correva e saltellava intorno a loro.

Sara, in fila con gli altri automobilisti rassegnati, provò a ingannare l'ansia osservandole. Sapeva che quell'atteggiamento remissivo non era casuale o caratteriale, ma caldamente raccomandato dalla Curia. L'Arcivescovo di Bologna, seguito dai prelati più potenti di Roma, oltre a santificare il lutto delle vedove, aveva infatti riesumato un vecchissimo articolo di Famiglia Cristiana del ventesimo secolo in cui si elencavano i doveri delle spose.

Il numero di automobili che la separavano dal controllo calava a ritmo costante. Ogni volta che ingranava la prima per avanzare di un posto, le mani le sudavano sempre più e il cuore aumentava il proprio battito. Vide almeno due famiglie costrette a tornare indietro. Doveva mantenere il sorriso e non mostrare timori, così compulsivamente si concentrò sui punti della tragicomica lista dei comportamenti della brava mogliettina cattolica.

Di uno aveva memoria certa: il marito era nominato come capo e la donna doveva obbedirgli, assisterlo, rispettarlo e sopportarne i difetti. La regola più bella imponeva di "rispondergli con grande mansuetudine". La moglie doveva poi essere sottomessa alla madre del marito, umile e paziente coi familiari, amante della casa, osservatrice dei doveri religiosi e ovviamente riservata nei discorsi.

Mentre cercava di ricordare gli altri dettami, un giovane soldato le fece cenno di avanzare. Sara strinse gli occhi per proteggersi dal sole che aveva di fronte e si avvicinò piano.

Abbassò completamente il finestrino e allungò la mano verso la borsa per prendere la carta di identità. Il ragazzo si chinò severo per guardarla in faccia, poi arrossì e sorrise. "Sara, ciao."

"Ma ciao Luca!" disse lei sentendo la tensione del collo sciogliersi.

“Vai nella Terra di Mezzo? Io ho prenotato da te per quando questo delirio sarà finito, settimana prossima!”

Luca era un giovane militare di leva, omosessuale.

Sara lo conosceva dai tempi in cui faceva la fotografa di moda e lui sfilava in passerella. La restaurazione lo aveva costretto a nascondere la propria natura e a mettere la divisa per i sei mesi di servizio di leva obbligatoria.

Il nuovo regime prevedeva per i gay due possibilità: la prigione o il pentimento. La seconda opzione era nata tra mille controversie nel disperato tentativo di far avvertire alla gente una sostanziale differenza tra i dettami islamici e quelli cattolici.

Era necessario confessare pubblicamente la propria “devianza sessuale”, frequentare gruppi di preghiera specializzati ed essere sottoposti ad una specie di processo. Al termine di tale procedimento, se il pentimento fosse stato ritenuto sincero, così come l’impegno ad astenersi da qualsiasi pratica sessuale, il cittadino o la cittadina poteva mantenere la propria libertà. La sua “malattia” però veniva registrata sulla carta di identità e sul passaporto, rendendo davvero difficile trovare un lavoro, una casa o accedere ad un prestito.

Tra i primi processi sia civili che penali, ancora prima dell’effettivo insediamento del Nuovo Stato Pontificio, furono assegnati ai tribunali ecclesiastici proprio quelli che avevano come imputati o come vittime gli omosessuali, creando tutte le basi per una discriminazione che poi si sarebbe trasformata in persecuzione. Luca e Matteo ne avevano discusso a lungo. Matteo era andato a molte riunioni delle associazioni gay per spiegare gli effetti pratici della variazione di destinazione dei processi e quali scenari avrebbero potuto aprirsi. La verità poi si rivelò ancora più crudele e disumana delle più fosche congetture di quel periodo.

Una sera, a casa di Sara e Matteo, a Bologna, dopo una cena abbondante e alcune bottiglie di vino, Luca si era disteso sul divano aprendo i primi bottoni della camicia bianca di seta, si era passato una mano tra i capelli biondi e poi si era lasciato andare a un pianto disperato. Piangeva per un amore finito, piangeva perché aveva vent'anni e invece di avere fiducia nel futuro ne aveva paura e piangeva perché ogni tanto lasciarsi andare faceva bene, glielo diceva sempre anche la sua nonna, l'unica che lo conoscesse veramente. Quella sera Matteo si era alzato dal tavolo, si era seduto accanto a lui e lo aveva stretto in un abbraccio. Gli aveva appoggiato una mano sulla testa e lo aveva lasciato sfogare.

Sara li guardava. Come Luca, era sicura che il suo uomo avrebbe vegliato sul mondo perché tutto andasse per il meglio. Forse in quella stanza non era l'unica ad amarlo, ma il pensiero invece di ingelosirla l'aveva emozionata.

Luca e Sara condividevano non solo la preoccupazione per la vita di Matteo, ma anche la vergogna per aver subito, per aver abbassato la testa.

Il Casale dell'amore era per lei l'unico atto di ricerca di libertà, e per lui un rifugio sicuro dove essere se stesso.

Un commilitone si avvicinò all'auto mentre Sara stava per rispondere. Luca si mise velocemente diritto, diede una botta sulla macchina e disse a voce sostenuta "Forza, forza, vada, signorina!"

Sara ripartì e osservò l'amico allontanarsi nello specchietto retrovisore.

La strada davanti a lei era deserta, i pannelli solari spariti e la campagna verde la avvolse.

Quella era per tutti La Terra di Mezzo, la zona povera, sottopopolata, depressa, con le strade incastonate tra due alti fossati, ricordo delle antiche valli che vi proliferavano.

Lì venivano mandati al confino i preti che non avevano accettato il nuovo corso, lì per chilometri non vi erano posti di blocco e la campagna fertile non si era dovuta adattare né al bisogno di elettricità delle nuove tecnologie né al ritorno al nuovo Medioevo.

Sara conosceva quella strada alla perfezione, avrebbe potuto disegnare a memoria ogni buca, ogni curva, ogni casa. Intorno, la Pianura Padana perfettamente piatta sembrava un mare infinito, immobile. Si sentiva tranquilla, perfettamente a suo agio in quel paesaggio che giocava a nascondere l'orizzonte dietro la curvatura del globo terrestre. L'auto, dopo una serie di curve, imboccò la vecchia laterale che conduceva al suo paese di origine, un vecchio borgo circondato da campi coltivati a grano ed erba medica. La via era asfaltata, ma la conformazione convessa del manto obbligava a stare a cavallo della mezzeria per non rischiare di slittare sulle enormi buche e finire nei canaloni laterali. In lontananza la strada sembrava gettarsi all'interno di una palazzina gialla a due piani. Arrivati a ridosso di quell'edificio, che rappresentava il centro del Paese e l'unico punto di ritrovo, ci si rendeva conto che solo uno strettissimo tornante permetteva all'ultimo minuto di evitare lo schianto contro i tavolini dalle tovaglie colorate del Bar Centrale e di proseguire alle spalle della costruzione. Sara rallentò nella curva e salutò con la mano il vecchio barista che spazzava a terra, poi si diresse verso quella che era stata la casa della sua famiglia materna e della sua infanzia serena.

Il vecchio casolare si nascondeva alla vista dietro l'argine del canale e dietro la folta siepe che lei stessa aveva fatto piantare quando aveva deciso, in quei tempi tanto bui, il destino di quella costruzione così ricca di stanze. Imboccò il vialetto privato: quando fu di fronte al cancello, una ragazza dai capelli rossi e il viso coperto di lentiggini corse ad aprirle.

"Ciao Sara."

"Ciao Clara, tutto ok?"

"Sì, tutto a posto. Faccio il doppio turno. A dire il vero dovevo finire ora e poi fermarmi qui con Lucia, ma lei ha avuto un impegno. Comunque la tua stanza è a posto. Visto il casino di questi giorni, gli ospiti stanno arrivando numerosi!"

"Mi raccomando, controlla sempre i fax prima di farli entrare."

"Certo Capa!"

"E non mi chiamare Capa." disse Sara sorridente. Indicando un grosso scuolabus parcheggiato chiese: "E quello?"

"È di Faruk, hai presente il pakistano? Adesso fa il doppio lavoro, poveraccio. Mi spiegava stamattina che hanno aumentato ancora le tasse ai minimarket degli stranieri!"

"Mi spiace! Beh, se dovessimo scappare passeremmo di sicuro inosservati con quello!"

Le due donne si guardarono ridendo e si salutarono.

Sara parcheggiò a fianco della piccola corriera gialla e si diresse verso l'entrata secondaria del casolare. La torretta, pur essendo addossata all'edificio, aveva infatti una sua porta di ingresso indipendente e al suo interno si sviluppava in verticale un appartamento dalla metratura sacrificata, ma molto accogliente. Il suono del campanello in pochi istanti portò Aida ad aprire il portone in legno massiccio.

Le due donne si abbracciarono. Aida, con i suoi eleganti lineamenti tipici delle donne del Marocco, indossava un abito leggero, verde militare. I capelli cortissimi le davano un'aria da ragazzina, nella quale risultava davvero difficile riconoscere le sembianze della madre allucinata e ferita della celebre foto rubata a Sara ed eletta a simbolo della restaurazione. I lineamenti si erano addolciti negli anni, rendendo gli zigomi meno pronunciati e mettendo in evidenza i grandi occhi scuri in cui era impossibile distinguere le pupille.

"Sara, benvenuta tesoro. Ero preoccupata!"

"Bentrovata a te! Un po' di fila al controllo, ma tutto ok."

Aida spalancò la porta e fece segno all'amica di entrare.

Ivan, con la sicurezza impertinente dei suoi quasi tredici anni, sdraiato sul divano della piccola sala attigua, abbassò il volume del televisore e strillò "Ciao Sara." Poi, prima di ricevere risposta, lo rialzò.

"Ciao monello!" disse Sara sorridendo.

La moka era già sul fornello, pronta per essere accesa e sul tavolo davanti all'ingresso era stato preparato con cura un vassoio con due tazzine, due cucchiaini e la zuccheriera.

Sara appoggiò sul divano il proprio bagaglio e si sedette su una sedia osservando l'amica accendere il fuoco sotto la caffettiera.

"Tra un attimo è pronto. Dopo pranzi con me?"

"No, ma grazie davvero. Se hai un po' di pane me lo porto su in camera... ho voglia di starmene un po' tranquilla."

"Lo immaginavo e ti ho preparato un panino!"

"Grazie. Grazie mille!" disse Sara guardandosi intorno.

In quell'appartamento era stata mille volte da bambina a giocare a carte con la sua nonna, ma ora era diverso, quasi irriconoscibile. La vecchia carta da parati era stata eliminata e i muri dipinti a colori vivaci avevano come ingrandito l'ambiente. La cucina in muratura dava una sensazione di calore diffuso e la scala a chiocciola in legno levigata e riportata al colore originale dava un tocco rustico di grande gusto.

Alle pareti erano appese le foto che lei aveva fatto durante i lavori di ristrutturazione nel Ventotto. Lei, Matteo e Aida, con l'occasionale aiuto di qualche amico, avevano reso il vecchio appartamento ospitale per la nuova inquilina.

In uno scatto si vedeva Matteo alle prese con bidoni di vernice e assi di legno del parquet, in un altro Sara aveva immortalato le mani del suo uomo reggere un chiodo prima di piantarlo e in un altro ancora vi era il particolare di gocce di tintura colanti dal pennello fino a terra, a fianco alle ginocchia di lui. Uno splendido primo piano ritraeva poi la bocca di Matteo circondata dalla barba incolta.

Aida seguì lo sguardo di Sara e chiese "Hai sue notizie?"

"Poche. L'avvocato dice che non molla, non parla, non firma la conversione e non accetta il nuovo incarico che vorrebbero imporgli."

Rimasero entrambe in silenzio alcuni secondi, poi Sara non riuscì a trattenersi "Ho paura! Lui non ce la fa più, me lo sento, me lo sento nelle viscere!"

Aida si avvicinò, fece appoggiare il viso della donna al suo ventre accarezzandola e le sussurrò "Lui è forte, ce la farà, vedrai che ce la farà!"

"Lui è forte ma io lo rivoglio con me!"

"Questa non è solo la sua battaglia, questa è la battaglia di tutti!"

"Ma io voglio lui... non mi frega di *tutti.*" Si bloccò, rifletté sulla immane perdita della donna, sprofondò le guance su quella pancia che aveva dato la vita al suo bambino e disse "Dio perdonami! Hai ragione tu! Lui è un uomo coraggioso e io sono una vile, una cagasotto egoista!"

"No tesoro, non dirlo" disse Aida, allungandosi per spegnere il fuoco sotto la caffetteria fischiante, ma facendo attenzione a non perdere il contatto con l'amica. "Ascoltami, tutto questo è merito tuo. Questo casale è l'ultimo baluardo di libertà di questa zona. Qui uomini e donne, ognuno nell'abbraccio del proprio amante, ritrovano la dignità della vita, delle emozioni e del corpo. Ti ricordi quando mi hai parlato della tua idea la prima volta?"

Sara annuì sfregando la guancia contro il suo ventre. Lei accarezzandola riprese a parlare, come stesse raccontando una storia, la vita di altre donne. "Matteo era stato da poco arrestato e tu eri venuta qui per stare tranquilla. Eri sconvolta, non mangiavi, il tuo sedere già secco era ancora più secco", e con quelle parole la fece sorridere, "poi un giorno mi hai trascinata nell'altra ala della casa. Era abbandonata, impolverata, piena di ragnatele e di chissà quante bestie, ma gigante. Ero incantata da tutte quelle stanze spaziose dai soffitti altissimi. Con gli occhi gonfi di chi non dorme bene da molte notti mi hai detto *facciamone un rifugio di libertà per tutti; una specie di albergo dell'amore libero. Voglio che costi poco, giusto quello che ci serve per mandarlo avanti. Deve essere aperto a gay, conviventi e amanti.* Te lo ricordi? Sei stata coraggiosa e hai dato una speranza a molti."

"E ci siamo fatte il culo come un secchio per rendere

agibile 'sta casona infestata da insetti, topi e dai fantasmi sclerotici dei miei avi" la interruppe Sara. Si staccò dal corpo della donna e la guardò negli occhi.

Aida servì i caffè e si sedette al tavolo con l'amica per godersi quella rara e piacevole compagnia.

Un'oretta dopo Sara aprì la sua camera, quella che era solita farsi riservare da Aida o dalle ragazze, quella dove dormiva da bambina quando abitava lì insieme ai suoi genitori, ai prozii, al suo amato nonno e alla sua nonna, che per un terribile scherzo del destino, pur essendo la più anziana, fu l'ultima dei suoi parenti a lasciare questo mondo. Negli ultimi anni di vita, con tanti malanni e troppi lutti sulle spalle – di cui i più dolorosi da sopportare furono la morte della figlia e del marito in un terribile incidente d'auto – aveva lasciato la grande casa andare in rovina, ma aveva continuato a pulire quella stanza per accogliere quella giovane nipote rimasta orfana al primo anno di università.

Sara appoggiò la borsa, si spogliò completamente e, nuda, aprì la vecchia finestra. Sollevò anche la zanzariera e si affacciò sulla campagna piatta, immobile. I grilli cantavano a squarciagola e il profumo della natura a primavera le invase prima le narici e poi i polmoni. Le sembrò di respirare meglio e immaginò lo smog della città scivolare via dal proprio corpo spinto da quell'aria pulita e leggera.

Camminando scalza, con il pavimento freddo sotto le piante dei piedi aprì il borsone ed estrasse il fax. Lo sistemò sulla vecchia scrivania che lei stessa aveva smerigliato e dipinto di giallo. Vi caricò i fogli che Aida le aveva lasciato e poi disfò il resto del bagaglio sistemando con cura i vestiti nei cassetti del comò, sotto il vecchio specchio rotondo. Guardandolo pensò a quante immagini avesse restituito nel tempo, prima nel negozio da barbiere di suo nonno, poi in quella stanza d'albergo.

Si specchiò. I chili persi in quei due anni e mezzo le avevano fatto calare visibilmente il seno. I piccoli capezzoli rosa erano eretti mentre il vento che arrivava dalla finestra aveva distribuito sulla sua pelle bianca un brivido e una leggera pelle d'oca. Scostò i capelli dalla fronte e si pulì il viso con il tonico per eliminare anche dalla pelle la polvere malsana di Bologna. In quel gesto mille ricordi si accavallarono nella sua mente. Il fresco del liquido e il profumo di rosa la fecero sentire meglio, lontana dalla tensione cittadina e dal peso insostenibile dell'aberrante moralità cattolica imposta.

Si passò due volte il cotone imbevuto sulle guance e lo fece scivolare lentamente anche sul collo e sul petto. Poi prese dalla borsa una sigaretta, la accese e tornò ad affacciarsi per lasciarsi coccolare da uno dei più dolci ricordi della sua infanzia.

La domenica mattina da bambina, mentre i suoi ancora dormivano, scendeva in pigiama al piano terra dove era sicura di trovare la nonna intenta a fare lavatrici e a badare il bollore del ragù mentre il nonno si radeva. Nella bella stagione lui era solito appendere uno specchietto portatile al muro esterno della casa, di fianco all'entrata della lavanderia, e insaponarsi la faccia con il pennello e la crema.

Quando i lineamenti erano stati ben coperti dalla morbida coltre bianca, apriva con cura il rasoio a mano libera e iniziava a radersi preciso e concentrato. Sara assisteva in silenzio e immobile a quelle manovre che avevano un che di solenne, come se stesse osservando un pittore intento a creare sulla tela un'opera di inestimabile valore. Anche le operazioni a seguire, come l'eliminazione dei residui di schiuma dal viso, il massaggio con l'asciugamano umido prontamente fornito dalla nonna e la frizione col dopobarba, erano per Sara affascinanti riti. Il nonno, dopo aver terminato, abbassava lo specchietto e faceva mettere la bambina seduta su una seggiola. Poi, fingendo di accoglierla nel suo negozio come cliente, ovviamente uomo, la salutava ossequioso e la preparava al trattamento. Le avvolgeva un telo bianco intorno al collo e iniziava a cospargerle il viso con la schiuma. La bambina sentiva il pennello scorrerle sulla pelle e le setole arrotolarsi su se stesse vicino al naso e alle orecchie. Il profumo di fresco le invadeva le narici e il solletico provocato volontariamente dal nonno sul collo la faceva ridere e dimenarsi leggermente.

"Adesso però, caro cliente, deve stare fermo, sennò con la mia lama affilata la sua bella faccia esploderà come un palloncino!" diceva il barbiere serio. Sara si sforzava di non ridere e di rimanere immobile. Il nonno prendeva un pettine piatto e, girandolo dal lato opposto alla dentatura, iniziava a far scorrere la superficie liscia sul viso della bimba, trasportando con sé la schiuma. Di tanto in tanto, con gesto teatrale, puliva il finto rasoio sull'asciugamano che teneva appoggiato al braccio sinistro, poi riprendeva a "rasare" il piccolo viso seguendo con cura i lineamenti.

Quando rimanevano solo sporadiche tracce di bianco, Sara correva a lavarsi la faccia e poi si risedeva al suo posto per provare la sensazione meravigliosa del tocco dell'asciugamano tiepido sul viso.

Erano ricordi carichi di emozioni e preziosi più di qualsiasi altra cosa al mondo, ma in quel momento, a cascata, se ne portavano dietro altri, molto diversi ma altrettanto intensi.

Era davvero uno dei primi incontri intimi tra lei e Matteo.

Lui l'aveva fatta distendere nuda sul suo letto e, dopo averle portato le mani all'indietro sopra la testa, le aveva legato i polsi tra loro con una grossa corda e li aveva ancorati alla spalliera. Poi le aveva ordinato di restare immobile sotto il suo sguardo, con le gambe divaricate e piegate.

Lei, esposta e braccata, tremava leggermente e combatteva contro l'istinto di chiudere le cosce.

Matteo si chinò su di lei e prese tra le dita il piccolo ciuffetto di peli castani che ornava il suo monte di Venere, unico superstite di una depilazione pressoché totale nel resto del pube. Lo tirò leggermente e poi uscì dalla stanza, per rientrare pochi istante dopo con in mano un rasoio in metallo e una bomboletta di schiuma da barba.

Senza dire nulla, ricoprì la piccola cresta della lieve e fresca coltre bianca e la massaggiò con la mano. Sara cercò di accostare istintivamente le ginocchia, ma lui con presa ferma le riposizionò e la obbligò a divaricarne ulteriormente l'apertura, poi prese il rasoio e lo appoggiò sul suo pube. Il freddo della lama la fece rabbrividire e desiderare con tutta se stessa di essere ancora bambina e star giocando al barbiere con un pettine. Poteva fermarlo quando voleva, ma non lo fece, anzi, rilassò i muscoli del collo e appoggiò la testa al letto in modo da non poter più vedere. Prese un respiro profondo e chiuse gli occhi. Sentiva il rasoio sfregare contro la pelle sottile e delicata e scivolare sulla curvatura naturale, poi tornare indietro, più agile e leggero e infine indugiare sulla parte più alta dell'intimo monte. Dopo niente, e poi la spugna bagnata e calda che la puliva, catapultandola indietro nel tempo, su una sedia davanti ad uno specchio nel giardino della sua grande casa.

La voce calda e profonda del suo amante la risvegliò. “Brava Sara, brava e grazie della fiducia.”

Dopo non vi furono più né ricordi, né pensieri, ma solo il piacere di appartenere ed essere presa dall’uomo che aveva saputo vedere la sua anima più oscura e che l’aveva appena privata di un altro pezzettino di pudore.

Quelle immagini le distribuirono un rosso calore sulle guance.

Si sentiva disperata e stanca, ma non voleva dormire.

III
Angela e Davide: 11 maggio 2031

La cosa che più Angela amava del Casale dell'amore era la pace, il silenzio. In quella Terra di Mezzo, gli altoparlanti che in ogni dove richiamavano i fedeli alle preghiere e agli appuntamenti liturgici venivano sempre manomessi e tacevano. Le guardie si avventuravano di rado in quei luoghi per ripararli, e i ragazzini, veloci come razzi, aspettavano che la camionetta ripartisse per colpirli nuovamente con le fionde e ammutolirli.

La donna era di una bellezza inconsapevole e quasi selvaggia. Aveva lunghi capelli neri ondulati, occhi scuri e il naso sottile, leggermente curvo che pur nella sua imperfezione le dava una aspetto delicato. La pelle bianchissima a contrasto con la chioma corvina sembrava di porcellana. Il seno abbondante, la vita stretta e il culo sodo sporgente appartenevano a un modello di bellezza classica, lontano dai nuovi canoni di magrezza esagerata, che lei stessa identificava come unica bellezza ammissibile. Solo la sua amica Sara sapeva darle sicurezza, solo davanti al suo obbiettivo si era sentita davvero sensuale. Erano passati sei anni da quegli scatti: in mezzo era trascorsa una vita e un'epoca precaria aveva lasciato il posto all'oscurantismo e alla disperazione.

Perfino gli occhi ammirati e innamorati di Davide non riuscivano a comunicarle la stessa sicurezza che vedeva nel proprio viso immortalato dall'amica nella foto in bianco e nero che teneva come screen saver del suo lettore musicale. Scelse una selezione di brani intimisti di un cantautore italiano, Paolo Benvegnù, che era stato bandito dal regime ed era dovuto fuggire in Francia.

Si fece una doccia nel piccolo bagno privato della camera dalle pareti rosa antico e iniziò a prepararsi per l'arrivo del suo uomo. Indossò il bustier di pizzo, infilò le calze velate e con precisione le fermò ai ganci dei fiocchi che cadevano eleganti dalla base delle stanghette.

Coprì le occhiaie di tristezza e stanchezza con il correttore, si truccò leggermente occhi e bocca.

Lui sarebbe arrivato presto. Il tempo di liberarsi dalla moglie.

Davide e Angela stavano insieme da un paio d'anni quando, nel '28, le nuove leggi dello Stato Pontificio avevano obbligato Davide a catapultarsi nuovamente in un matrimonio finito, fallito miseramente in un mare di rancore e non detti.

Il passaggio dalla Repubblica al regime confessionale aveva apportato repentinamente molti cambiamenti nella vita quotidiana dei cittadini, ma la legge retroattiva sulla validità dei divorzi fu una di quelle a maggiore impatto. All'improvviso, coloro che avevano divorziato fino a due anni prima l'insediamento ufficiale del nuovo Stato cattolico e del suo testo costituzionale si erano trovati di nuovo indissolubilmente sposati.

Mentre i matrimoni falliti venivano riconvalidati, altri nuclei familiari più recenti dovevano dividersi. Chi si era rifatto una vita aveva dovuto lasciare i nuovi affetti e tornare nelle case di mogli e mariti, che a loro volta le avevano riempite di nuovi amori e vecchi rancori. Gli equilibri che il tempo aveva contribuito a creare crollarono sotto la nuova legislazione.

Due anni di divorzio potevano anche essere stati preceduti da molti anni di separazione e così ci si poteva ritrovare a condividere abitazioni, cene e letto con un uomo o una donna che si stentava a riconoscere, cui gli anni avevano modificato non solo il fisico, ma anche le abitudini.

Le leggi imposero e i più obbedirono. Così le coppie che riempievano la quotidianità di silenzi aumentarono esponenzialmente. Diventò sempre più comune trovarsi in ristoranti in cui la quiete era tale da permettere di sentire il rumore di ogni singola forchetta e di ogni singolo coltello sul piatto di ceramica. O vedere al semaforo rosso macchine occupate da viaggiatori immobili e zitti come mummie.

Nel caso di coppie con figli, le implicazioni furono spesso catastrofiche. I figli nati dopo il divorzio da nuove unioni si trovarono a seguire coloro che, solitamente le madri, tornavano dal coniuge che in un'altra fase della vita Dio aveva dato loro.

Si crearono nuove famiglie di sconosciuti, nate dopo la distruzione forzata delle famiglie allargate.

Anche per Angela e Davide fu difficile decidere di non scappare all'estero, di non rischiare il tutto per tutto per vivere il loro amore, ma lei accudiva la madre malata che abitava sola nell'appartamento accanto al suo, e lui aveva situazioni economiche aperte che, per quanto non vi fosse più traccia di amore, non voleva ricadessero sulla moglie.

Fu Angela ad accompagnarlo nella casa che lo aveva visto felice novello sposo, almeno così lei lo aveva immaginato. Nella realtà Davide non aveva mai amato quella donna così diversa da lui. Ne era stato sempre consapevole, anche mentre l'aveva guardata arrivare nel suo costoso abito bianco, appoggiata al braccio del padre, lungo la navata della chiesa. Valeria era in teoria la moglie perfetta: di buona famiglia, amante dei bambini, maestra, acculturata, dolce, remissiva e soprattutto innamorata di lui. Si era ripetuto che era stato fortunato a trovarla, ma nel profondo del suo cuore aveva sempre saputo che quello era un errore, un gigantesco errore che avrebbe reso infelici entrambi.

Mentre Angela aspettava Davide nella camera rosa, lui, sotto lo sguardo della consorte, preparava la borsa per stare fuori un paio di notti.

"Non capisco perché devi lavorare in questi giorni, in questo anniversario in cui tutti si fermano e pregano."

"Te l'ho già detto, ho da fare. Poi tanto tu andrai alle funzioni con i tuoi genitori, non sei sola!"

"In realtà stasera a cena dai miei era l'occasione per condividere una cosa..."

"Non abbiamo nulla da condividere, Valeria, davvero, tantomeno con i tuoi genitori" la freddò lui.

La donna abbassò lo sguardo per non mostrare le lacrime che le si affacciavano agli occhi.

Davide, affranto e angosciato, si era tormentato per molte notti per quel matrimonio che non era sfociato in un progetto di vita, e la decisione di lasciarla nel 2026 era stata la più dolorosa che avesse mai preso. Ormai però era tutto inutile: da quando la nuova legge li aveva costretti a riesumare il loro matrimonio, il dispiacere si era trasformato in disprezzo.

Lui dormiva nella stanza che avrebbe dovuto essere dei figli che non erano mai arrivati ed era giunto a odiare la sua stessa presenza, i suoi passi, il suo odore, i suoi capelli sempre spettinati e il suo continuo pregare.

Dio aveva sancito la loro nuova unione e lei, dal canto suo, l'avrebbe difesa ad ogni costo: a costo di non essere amata, di non essere stimata. Si era abituata all'indifferenza, alla mancanza degli sguardi del marito e a camminare in punta di piedi per non disturbare l'uomo che Dio le aveva riportato.

Davide la trattava con una crudezza e una malvagità che lo facevano sentire a disagio, ma che per un perverso procedimento inconscio alimentavano da un lato il senso di colpa, dall'altro la voglia di umiliarla e renderla ancora più infelice. Le rimproverava di non prendersi cura di sé, di essere grassa, sgraziata e talmente debole e succube dei genitori e della religione da non avere alcuna dignità.

Ma la vera ragione per cui la odiava era che la riteneva la causa compiaciuta della sua infelicità, della lontananza forzata dalla donna che amava.

Valeria era a conoscenza della doppia vita del marito, ma trovava normale che un uomo bello e giovane avesse dei desideri carnali e delle frequentazioni al di fuori del matrimonio. Era stata educata a comprendere il maschio e a essere intransigente verso se stessa.

Solo su un punto era riuscita a essere ferma, irremovibile da subito, dal momento in cui Davide era rientrato in casa, arrivando a minacciarlo di denuncia alla giustizia ecclesiastica per non ottemperanza dei doveri coniugali: una volta al mese, nel suo periodo fertile, lui avrebbe fatto l'amore con lei.

I figli erano l'unico dono che aveva chiesto a Dio.

La giornata fertile veniva prontamente da Valeria evidenziata sul calendario della cucina, in rosso. Davide sapeva che quella notte si doveva recare nella stanza della moglie e doveva possederla, nel rispetto dei precetti cattolici, senza ostentare nudità o ricercare piaceri che non fossero finalizzati alla procreazione.

Davide andò a bere un bicchiere d'acqua e si accorse con un sospiro di sollievo che, nonostante l'ultimo giorno circondato da un cerchio vermiglio risalisse ormai a più di un mese prima, nessuna data era stata ancora segnalata.

Il ricordo dell'ultimo incontro, invece, lo travolse facendogli contorcere lo stomaco e facendogli venire una voglia immensa di vomitare.

Si era alzato a notte fonda, sicuro che Valeria lo stesse aspettando da molte ore. Si era versato un bicchiere di rum e lo aveva sorseggiato guardando fuori dalla finestra, a piedi scalzi, in pigiama.

Non aveva mai confessato ad Angela quegli incontri. Del resto, come avrebbe potuto? Però era a lei che pensava mentre assolveva i suoi doveri coniugali, era il suo profumo che sentiva, era la sua pelle che immaginava di accarezzare.

Finito anche l'ultimo goccio di alcool si era riempito la mente delle immagini della sua amante, dell'amore della sua vita e si era diretto da Valeria.

L'aveva trovata abbandonata sul letto, assopita, sopra le coperte con la lunga camicia da notte bianca sotto cui era sicuro non indossasse l'intimo.

Senza dire nulla, le aveva sollevato la veste e si era messo in ginocchio sul letto davanti all'intimità della donna.

Odiava i peli pubici, Dio quanto li odiava! Era stato in quel momento che aveva razionalizzato per la prima volta che ciò che alimentava la sua erezione in quei tristi incontri non erano tanto i pensieri erotici legati alle morbide curve di Angela, ma soprattutto l'odio per Valeria.

Un terribile e sadico desiderio di farla soffrire, di farla pagare per le sue rinunce, di vederla divincolarsi sotto i suoi colpi lo aveva pervaso. Come le altre volte, si era avventato sul corpo di lei. L'aveva scopata incurante del fatto di averla svegliata di soprassalto e spaventata, violandola senza alcun riguardo, senza alcuna preparazione, con rabbia.

Lei temeva quegli incontri e non aveva mai nascosto al marito di viverli come una profanazione.

Quella notte lo aveva guardato tremante, faticando a riconoscerlo in quel viso trasfigurato da collera ed eccitazione.

Chiudendo gli occhi aveva allora pregato che finisse in fretta.

Il fatto che lei non si lamentasse mai e non cercasse di sottrarsi a quegli amplessi rabbiosi alimentava la frustrazione di Davide, che veniva ogni volta dentro di lei in un moto d'ira, come se invaderla equivalesse a insultarla.

"Quando torni?" chiese Valeria arrivandogli lieve alle spalle.

"Tra due giorni" disse lui prendendo la borsa e il soprabito dalle mani della moglie.

Poi uscì senza voltarsi a salutare. Raggiunse la macchina, buttò le sue cose sul sedile posteriore e partì.

Angela si era distesa con gli occhi chiusi e ascoltava le parole di una delle sue canzoni preferite a basso volume, immaginando la scena di cui quei versi parlavano: una donna per strada, "tracce di pulviscolo lunare le circondano i capelli, quando passa lei, e tutto si trasforma. Si attenuano i rumori. Le macchine diventano cristalli..."

Davide bussò, e prima di avere risposta si affacciò sulla porta.

L'emozione di trovarla lì, provocante e bellissima per lui, come un regalo, come il più prezioso dei doni, gli invase il cuore. Angela aprì gli occhi e gli sorrise allargando le braccia per accoglierlo.

"Scusa il ritardo!"

"Non ti preoccupare, dai, entra! Non stare sulla porta."

Davide si affrettò a infilarsi nella loro solita camera e a liberarsi dal peso del bagaglio e dal soprabito. Si sfilò le scarpe e alzò le braccia per incrociarle poi dietro la schiena e sfilarsi il pullover di raffinato filato che indossava.

Erano quei gesti quotidiani e istintivi che mancavano ad Angela più di ogni altra cosa. Lo guardò a petto nudo piegare meticolosamente la maglia e appoggiarla sulla scrivania, e poi voltarsi verso di lei con quel sorriso ornato dalla fossetta sulla guancia e quella pelle liscia e perfetta che la facevano impazzire.

"Cosa c'è?" chiese felice dello sguardo dolce di lei.

"Niente. Sono contenta che tu sia qui con me."

"Anch'io. Poi non mi aspettavo un simile regalo" disse lui facendo scorrere lo sguardo sui piedi magri della donna, sulle calze velate, sui gancini del bustier e poi su, lento e desideroso, fino ai seni trattenuti a stento dal corpetto.

"Due giorni insieme dovevano essere festeggiati a dovere!"

"E li festeggeremo, amore, vedrai che li festeggeremo come Dio comanda". Prima ancora di aver finito la frase si liberò anche dei jeans e delle calze di filo di scozia, poi si distese al suo fianco, con un braccio piegato a sorreggergli la testa per guardarla arrossire delle sue carezze e del suo tocco.

Le fece passare una mano sulle labbra e sul collo. Aveva una voglia incontenibile di lei, ma voleva anche godersi quell'attimo di assoluta pace che provava ogni volta che lei gli si donava. Adorava guardarla liberarsi della sua naturale e innata forza per compiacerlo del proprio corpo e della propria bellezza.

La conosceva nel profondo: era conscio di quanto fosse più sicura della propria intelligenza che della propria femminilità, e di quanto le riuscisse difficile mettersi un abbigliamento intimo provocante. Sapeva che lo faceva per lui, per assecondare la sua passione per i dettagli e per l'eleganza.

Lei era il suo lato migliore, con lei era l'uomo che avrebbe voluto essere sempre.

L'avrebbe protetta a costo della vita.

Per lei aveva conosciuto il terrore cieco che ti attanaglia quando hai paura che la persona che ami stia soffrendo.

IV
Andrea e dj Roger: 11 maggio 2031

I muri verdi intorno, la spalliera del letto di fronte e una mano infilata tra gli elementi verticali in ferro, appoggiata contro la parete, per resistere ai colpi, per non cadere e non essere sopraffatti.

Andrea, carponi sulle lenzuola, sudato e contratto, sentiva il suo amore sfogarsi dentro di lui, costringendolo a serrare la mandibola e a far forza su quel braccio per non cadere bocconi sul letto o, peggio, andare a sbattere davanti a sé.

Roger, in ginocchio dietro di lui, si muoveva con forza animale, sovrastandolo con la sua muscolatura possente e asciutta.

I visi e le fisionomie dei due uomini evidenziavano età e personalità completamente diverse.

Andrea era alto circa un metro e settanta, magro, sorriso pulito e occhi blu che sembravano troppo grandi per essere contenuti in quel viso appuntito e delicato, sempre perfettamente sbarbato e con i capelli biondi a spazzola. La pelle liscia e delicata dei suoi trent'anni scarsi evidenziava la bocca carnosa, rosata e i denti bianchi, allineati e perfetti.

Ruggero all'anagrafe, Roger per gli amici e dj-Roger per il popolo della notte, aveva cinquant'anni, molti dei quali vissuti intensamente dopo il tramonto, il viso segnato da qualche ruga e dal troppo fumo, la barba sempre incolta, numerosi fili bianchi mal mimetizzati tra la chioma castana spettinata e lievemente diradata al centro della testa.

Era alto quasi un metro e novanta e, pur non avendo mai fatto un solo giorno di attività fisica, era stato omaggiato dalla natura di un fisico atletico, di muscoli possenti, vita stretta e spalle larghe.

Andrea si voltò a guardare il suo compagno, sgranandogli addosso i suoi occhi umidi. Quel blu intenso, uniforme e tanto profondo da sembrare irreale catalizzò l'attenzione di Roger che per un istante si fermò.

Non sapeva resistere a quello sguardo. Lo sapeva allora, come lo aveva saputo la prima volta che se lo era trovato davanti.

Era l'8 dicembre del 2027: era incazzato nero perché doveva restare aperto tutti i giorni in vista del Natale e il vecchio commesso si era licenziato da un giorno all'altro senza preavviso.

Se non fosse riuscito a trovare in fretta un sostituto sarebbe stato prigioniero di quelle quattro mura coperte di vinili per tutto il mese, per non parlare di tutte le serate che aveva già in programma come dj nei club e nei centri sociali della regione. Doveva fare quattro colloqui e se non avesse trovato un venditore decente avrebbe finito per non dormire da quella stessa notte fino alla vigilia di Natale.

Si era fatto una traccia delle domande da porre ai candidati per ottimizzare i tempi. In fondo, vista la tragedia imminente, il suo uomo, o la sua donna, doveva essere munito o munita di parola, di un minimo di cultura musicale, saper fare uno scontrino e, dovendo scegliere tra intelligenza ed onestà, meglio tonti e non ladri, piuttosto che il contrario.

Andrea era il primo della mattina. Erano le dieci e Roger se ne stava seduto dietro al bancone-scrivania a bere un caffè e addentare una brioche. La porta si aprì e il ragazzo, avvolto in una sciarpa blu e in una cuffia in coordinato, tremante nel giaccone di lana, si trovò davanti a lui.

Si strinse nelle spalle, sfilò veloce il copricapo, tentò invano di domare i capelli elettrizzati e disse "Salve, scusi, sono qui per un colloquio."

Senza distogliere lo sguardo dalla sua colazione, Roger gli fece cenno di sedersi sullo sgabello che aveva di fronte e avvicinò a sé la vecchia agenda per leggere nella pagina del giorno.

"Sei Andrea? Quello del curriculum via e-mail?"

"Sì, ho risposto ad un annuncio online. Comunque piacere, Andrea Minguzzi."

"Piacere mio. Sono Ruggero, ma tutti mi chiamano Roger, sono il proprietario dell'attività. Dammi del tu, per favore". Gli strinse con decisione la mano e lo guardò finalmente in faccia.

Fu così che scoprì che esisteva un blu tanto incredibile da dilatare il tempo e lo spazio e che esisteva qualcuno al mondo che quel blu lo portava negli occhi, con disinvoltura, come fosse normale.

Cercò in quel mare le iridi e gli parve che galleggiassero alla deriva, come i suoi pensieri.

Lo odiò perché capì subito di non avere scampo. Capì che quello che aveva tenuto lontano con abilità per tanti anni dopo il divorzio era arrivato all'improvviso, mimetizzato da una sciarpa orrenda e da una improbabile cuffia, che ora veniva torturata dalle mani agitate di colui che era venuto per distruggerlo. Già: il mitico dj-Roger, animale della notte, dedito solo a rapporti occasionali con giovani uomini, ma talvolta anche con zoccolette vogliose e ubriache, era stato aggredito in pieno giorno, nel suo negozio di vinili nuovi e usati, e ad aggredirlo era stato il sentimento. E lui? Niente. Assolutamente niente. Non aveva neanche provato a difendersi. Certo, si era incazzato con se stesso e con quel ragazzo abruzzese bello e vestito come un bancario, come quegli stronzetti che vanno agli spettacoli dei cuochi invece che a ballare, ma non era stato in grado di mantenere alcun distacco emotivo.

Si era arreso come uno stronzo, come un coniglio stronzo.

Appena lo aveva guardato, la parte irrazionale del suo cervello aveva già deciso di assumerlo, di cancellare gli altri appuntamenti e di insegnargli il minimo indispensabile per farlo lavorare in negozio.

Dopo lo avrebbe aspettato nel bosco, come un lupo paziente e prima o poi lo avrebbe mangiato, perché lo voleva, lo desiderava da morire.

"Quindi vorresti lavorare qui? Che cosa fai adesso?"

"Mi sono appena laureato in economia e cerco un impiego per lasciare la stanza in affitto e prendermi un appartamento tutto mio."

"Ma hai esperienza di vendita al pubblico?"

"Fin da ragazzino ho sempre aiutato mia mamma in negozio. Da un paio d'anni ha venduto l'attività, ma per anni è stata il punto di riferimento per l'abbigliamento di tutte le signore della Pescara che conta."

"Capisco" disse Roger senza neanche cercare di mascherare un sorriso malizioso, "ma la musica ti piace? La conosci?"

"La adoro, suono il piano. Ho studiato due anni al Conservatorio."

"Fantastico, ma io vendo vinili soprattutto ai dj e comunque non tratto musica classica. Adesso per esempio ho fatto un bell'investimento: è fallita una radio locale che una decina di anni fa era davvero famosa e io ho comprato in blocco, a un prezzo d'occasione, alcune centinaia di dischi di minimal techno fichissimi, di gente tipo Luciano e Villalobos. Conosci?"

"No mi dispiace."

"Tranquillo, rimedieremo. Tanto il primo lavoro sarà inventariarli tutti, caricarli a sistema e prezzarli. Dopo te li potrai studiare uno a uno con calma."

Andrea lo guardò sbigottito e sobbalzò alla risata fragorosa del suo futuro capo.

"Scherzo! Sarà sufficiente che tu riesca a orientarti un po' tra i generi... vedrai, col tempo ti verrà naturale e magari troverai anche qualcosa che ti piace."

Roger lo guardò sciogliersi in un sorriso mentre la tensione calava e il ragazzo riusciva finalmente a decontrarre il collo e le spalle. Andrea si alzò, si tolse il soprabito, lo ripiegò su se stesso e lo appoggiò sul bancone, in un angolo. Il suo abbigliamento sotto il giaccone era ancora più agghiacciante di come ci si potesse aspettare, pensò Roger, sforzandosi per non ridere di quei pantaloni di lana pesanti con la piega e del pullover con i rombi sopra la camicia azzurra perfettamente stirata.

"Sai far cassa, vero?"

"Certo" rispose Andrea sicuro, "e so anche tenere la

contabilità alla perfezione. Carichi, scarichi, prima nota. Tutto."

"Molto bene" disse Roger distendendo le gambe con la ritrovata sicurezza del cacciatore che si gode l'attesa che lo separa dalla conquista della sua preda.

Mentre discutevano degli orari, delle responsabilità e delle condizioni contrattuali, Andrea era conteso tra diverse sensazioni e molti pensieri. Era felice di aver fatto buona impressione ed era entusiasto all'idea di uscire da quel colloquio con un lavoro e con la garanzia di uno stipendio dignitoso che gli avrebbe permesso di vivere da adulto e non più da studente. Certo non era neanche lontanamente quello per cui aveva studiato, ma per iniziare a camminare con le proprie gambe, senza pesare sui vecchi genitori, era perfetto. Però c'era qualcos'altro che gli si agitava dentro, che gli dava un misto di eccitazione e timore, che lo faceva vibrare come una corda di violino, rendendolo insicuro e nello stesso tempo compiaciuto. Roger era un uomo diretto, affascinante, vissuto e bello, davvero bello, e il negozio era saturo della sua presenza e del suo carisma. Quando l'uomo si alzò in piedi per prendere dei dischi di seconda mano da mostrargli, Andrea non poté fare a meno di notare il suo fisico possente, la vita stretta e il ventre piatto e nudo che gli sbucava tra la cintura dei pantaloni militari e la maglia larga che indossava. Passava le dita ornate di anelli in argento sulla superficie del vinile e gli indicava i graffi da usura che dovevano essere valutati per identificarne lo stato e quindi il prezzo di vendita al pubblico, secondo una rigidissima classificazione. Andrea lo guardava muoversi sicuro, roteare i vinili sotto la luce e poi passare a illustrargli i difetti delle copertine, mentre la testa di un serpente tatuato gli appariva e scompariva sotto il polsino del maglione.

Di tanto in tanto avvertiva tutto il peso dello sguardo del suo nuovo capo su di lui e se ne sentiva lusingato e sopraffatto, come se fosse incapace di reggerlo. Roger lo attirava, ma nello stesso tempo lo intimoriva, così come lo aveva sempre messo a disagio il mondo dei locali notturni, dove immaginava che le trasgressioni prendessero il sopravvento sulle relazioni.

Allora non poteva sapere che quello era solo l'inizio di un grande amore, e che la musica e la notte sarebbero diventate anche la sua vita.

Quando Andrea distolse il proprio sguardo, Roger lo spinse verso le lenzuola profumate per possederlo e portare entrambi al piacere.

Quando lo liberò vide i segni delle proprie dita su di lui. Lo abbracciò stringendolo a sé, poi si lasciò cadere sul letto, trascinando entrambi i loro corpi esausti. Rimasero così stretti e silenziosi per una decina di minuti.

La clandestinità forzata dei loro incontri aveva risvegliato in Roger una frustrazione dolorosa che lo tormentava e che riusciva a sfogare solo nel sesso.

V
Matteo: oggi. Com'è potuto succedere?

Oggi:
Oggi non ho nulla di nuovo da leggere. Celeste non è venuta. Le ho parlato un attimo al telefono ieri sera, ma non ho potuto chiedere di Sara. Oggi dovrà stare più attenta del solito. Fallo tesoro, stai attenta!
Oggi sono tre anni che l'Italia ha salutato la Repubblica.
Oggi più che mai la domanda su cui ho scritto, scritto e ancora scritto mi perseguita: com'è potuto accadere?
Sono un uomo di giustizia e non sono stato in grado di leggere i segnali del baratro che ci avrebbe inghiottito.
Quali sono stati i semi di questa sconfitta dell'uomo libero?
Scrivo per pensare, ancora, anche oggi. Se non lo facessi questi stessi pensieri mi mangerebbero da dentro come un parassita vorace.

È cominciato tutto con l'attentato a Roma dell'undici maggio 2026? Difficile da credere. La storia di un popolo e della sua coscienza nazionale non si cambia con un unico evento, per quanto crudele e terrificante. Papa Francesco II non era stato ben accolto dalle alte gerarchie della chiesa, ma anche questa è un'ipotesi, o no? Quando Papa Francesco si è ritirato a vita privata, secondo una prassi ormai accettata, il mondo ha chiesto un papato in continuità con quello precedente, vicino ai fedeli, accogliente e coerente con il messaggio originale. Ma durante la sua prima messa pubblica pomeridiana, il nuovo Pontefice è stato ucciso insieme a molti fedeli. L'ultimo di una lunga e sanguinosa serie di attentati, il più crudele e violento, ha così colpito il simbolo del cattolicesimo mondiale.
I partiti tradizionali si sono dimostrati da subito non all'altezza di gestire lo sgomento del popolo. Ma il Partito della Nuova Restaurazione, nato dal movimento delle Vedette Cristiane, ha intercettato e fatto proprie la paura e la disperazione della gente. Sono state proprio le vecchie forze politiche a dare credibilità alla nuova veste organizzata e ripulita di quel manipolo di esagitati, che pregavano contro ogni espressione di modernità dello stato laico. Gli esponenti della vecchia e incapace classe politica li hanno nominati capofila di una coalizione di emergenza nazionale, trasformando di fatto una realtà di opposizione, considerata populista e fondamentalista, in una nuovo partito potente ed influente.
È stato così che gli italiani hanno trovato un nuovo referente politico, capace di parlare alla pancia della gente e di trasformare paura e odio in un ritrovato fervore religioso.

Le prime elezioni dopo il grande lutto nazionale, nel giugno 2027, hanno consegnato il Paese ai pii esponenti del PNR perché lo mettessero al sicuro sotto l'egida della religione cattolica.

Matteo non poté fare a meno di ripensare a quel periodo e appoggiò la penna al vecchio tavolo.

Sara venne premiata per la foto scattata durante l'attentato a Bologna e venne convocata ufficialmente dall'Arcivescovo per ricevere le onorificenze del caso e per sottoporle la proposta di partecipare a un nuovo progetto sulle donne a lutto.

La ritrovata sacralità del matrimonio cattolico aveva infatti portato con sé, come effetto collaterale apertamente sostenuto dai teologi, una santificazione del lutto femminile. Cosa poteva incarnare lo spirito dei tempi meglio della figura femminile timidamente ammantata di nero in onore del proprio uomo perduto?

Sara era rimasta scossa da quelle parole. Era corsa in tribunale da lui e lo aveva aspettato al termine dell'udienza nell'atrio di fronte al suo ufficio.

Matteo arrivò sul lungo corridoio portando in mano un pesante faldone e chiacchierando con un giovane avvocato. Appena la vide non riuscì più a sostenere la serietà formale della discussione che stava intrattenendo. Era felice di trovarla lì. Quando però si accorse dell'espressione sconvolta di lei, affrettò il passo per raggiungerla. Il contenuto del discorso dell'Arcivescovo l'aveva impressionata, e un insieme di nervoso, sconcerto e paura l'aveva quasi paralizzata. La visione di Matteo la rassicurò e il calo della tensione le fece venire voglia di piangere.

"Sara, tutto bene? Che succede?" le chiese.

"Sì, cioè no. Scusa se sono piombata qui."

"Non c'è problema" disse lui. Si voltò verso il ragazzo alto e magro dagli occhialini rotondi che lo seguiva di un passo: "Grazie Moschini, grazie di tutto. Finiremo la nostra discussione più tardi."

"Certo Dottore. Arrivederci", rispose l'avvocato accennando un inchino.

Poi Matteo, aprendo la porta del suo ufficio, appoggiò un braccio sul fianco di Sara e la spinse leggermente. "Vieni, entra."

Richiuse la porta alle loro spalle, appoggiò i documenti e la strinse a sé.

"Tutto bene? L'arcivescovaccio ti ha importunata?"

Sara, rassicurata dall'abbraccio si abbandonò ad una risata e disse: "No, no, ha tenuto le mani a posto. Io sono vecchia per lui, mooolto vecchia!"

"Allora ti vuole solo come paladina della fotografia nella sua Guerra Santa?"

"Già! Poi vorrebbe usare le mie foto per promuovere le vedove a lutto. Hai presente quel manipolo di invasate che si vestono di nero, con il foulard in testa come la mia trisnonna?"

"Ho paura, tesoro mio, che saranno sempre di più..."

"Non ci voglio credere!" disse Sara staccandosi di un passo per guardarlo negli occhi.

Matteo abbassò la voce: "Questi pazzi stanno mettendo mano a tutti gli incarichi legislativi, o meglio, gli altri partiti sono così terrorizzati e corrotti che stanno regalando al PNR tutte le posizioni decisionali..."

"Sei preoccupato?"

"Sì, tira un'aria strana. Oggi un processo che avrebbe dovuto essere affidato a me è stato destinato al Tribunale

Ecclesiastico… quello che fino ad ora per intenderci, si occupava di annullamenti di matrimoni cattolici e diverbi etico-religiosi…"

"Ma com'è possibile?"

"Si è insediata una commissione, su decreto governativo, che decide e deciderà di quei procedimenti penali e civili in cui vi sia un sostanziale aspetto religioso o morale. Per rendere uno stato confessionale, Sara, bisogna eliminare il potere giudiziario laico e poi agire sulla società."

"Togliendo libertà alle donne?"

"Esatto. Libertà e indipendenza economica. Ieri un avvocato civilista mi ha detto che una sua cliente era disperata, perché il marito aveva ottenuto di trasferire la loro causa di divorzio al tribunale alla Sacra Rota e che quegli stronzi lo avevano autorizzato a ripudiarla perché non può avere figli. Ora la donna si trova senza casa, senza soldi, senza nulla…"

"Non ci posso credere! Hai paura?"

"Paura no, ma bisogna stare attenti. Rifiuta se vuoi di aiutarli con le vedove, ma tieni rapporti decenti con questi pazzi furiosi. Sono pericolosi!"

Sara si appoggiò alla vecchia scrivania in legno. L'uomo, fissandola negli occhi per essere sicuro che avesse capito il suo discorso, le si avvicinò posizionandosi tra le sue gambe leggermente divaricate. Lei gli sfilò gli occhiali, piegò le stanghette con delicatezza e li appoggiò dietro di sé sulla scrivania. Matteo la prese per i fianchi: baciandola la sollevò e la appoggiò seduta sul tavolo. Le accarezzò il collo e poi lo strinse tra le mani. La sentì deglutire, mentre le guance si arrossavano.

"Mi darai retta, vero?"

Lei annuì. Lui cambiò completamente sguardo, evidentemente sorpreso da pensieri di tutt'altra natura.

La strinse un po' più forte.

"Ti sei messa questo bel vestitino per il prelato?"

Lei annuì ancora, accennando un sorriso. Lui ricambiò senza modificare il tono grave

"Non sto scherzando, sai!" e infilando una mano nella scollatura le toccò un seno, "non eri mai venuta nel mio ufficio. Ho sempre sognato di averti qui a mia disposizione... aspetta un attimo..."

Si allontanò e andò a chiudere la porta a chiave. Sara, seduta tra i faldoni di documenti, lasciò scivolare a terra le scarpe col tacco. Lui le osservò cadere, si passò una mano sulla testa, si accarezzò un labbro, poi sollevando lo sguardo la fissò.

Sara con un lieve balzo si mise in piedi, sbottonò lentamente l'abito, lo sfilò e lo lanciò su una sedia. Abbassò gli slip appoggiati sugli elastici del reggicalze e li tolse sollevando prima una gamba, poi l'altra.

Tolse anche il reggiseno e rimase così a mostrarsi a lui.

Matteo le si gettò addosso di impeto e la depositò nuovamente sulla scrivania.

Suonò il telefono.

Senza scomporsi l'uomo le appoggiò una mano sul ventre e con l'altra si apprestò a rispondere.

"Zitta, ok?"

Lei fece un cenno affermativo.

"Pronto... sì, dimmi, veloce, non ho tempo ora..."

Il suo interlocutore parlava e Matteo rispondeva meccanicamente, ma la sua attenzione era tutta per lei, per la sua pelle liscia e per il desiderio che sapeva risvegliare con quel fare dolce e sensuale.

Lei non stava ascoltando, ma di tanto in tanto lo guardava. Il calore familiare della voce del suo uomo le scorreva sottopelle mentre lui faceva scivolare la mano tra le sue gambe. Sara si dovette mordere un polso per non violare il silenzio impostole. Matteo la osservava: era bellissima, arrossata in viso e a sua disposizione. Quando finalmente riuscì ad agganciare, si fermò. Le sorrise soddisfatto, si slacciò i pantaloni e li abbassò.

La prese lì, tra documenti e libri rilegati artigianalmente, costringendola a cercare un appiglio per non cadere. I fogli volavano dal tavolo mentre lui la tirava a sé e lei ci scivolava sopra trascinata dall'eccitazione del suo uomo.

Vennero insieme avvinghiati uno all'altra, dimentichi di dove fossero, inconsapevoli di quello che di lì a poco li avrebbe travolti.

L'immagine di lei nuda tra le sue mani lo fece rabbrividire. Sentì la mente alleggerirsi e i pensieri diventare gassosi e liberarsi in aria come una nuvola. L'amore era un pericolo troppo grande in quel momento. Solo la razionalità rappresentava la salvezza. Gli sembrò che la cella collassasse su se stessa e che un'eclisse oscurasse il sole. Si alzò barcollando e prese una sigaretta dal pacchetto. La accese e buttò il fumo in aria verso la piccola e clustofobica finestra. Inspirò più volte profondamente, poi si risedette alla scrivania. Prese la penna e si concentrò.

Rilesse le ultime righe e continuò

Una vittoria tanto schiacciante nella storia delle elezioni democratiche del paese non si era mai vista. I vecchi partiti sconcertati si sono presto accorti che il proposito di sfruttare il consenso popolare del PNR alle urne per poi tornare ai soliti, consolidati assetti del potere, era fallito. Gli esponenti della nuova restaurazione si sono libe-

rati degli alleati e insediati in tutte le posizioni istituzionali strategiche per la vita del Paese, compresa la Corte Costituzionale, con la sua funzione di "giudice delle leggi".
Alle urne, con oltre i due terzi dei seggi delle camere, avevano conquistato i numeri per proporre e approvare, senza bisogno di scendere a compromessi, tutte le modifiche della Costituzione ammesse dall'ordinamento repubblicano.
I cambiamenti apportati al testo originale nato dopo la Seconda Guerra Mondiale sono stati talmente tanti e radicali da minare nel profondo l'assetto politico-sociale della Repubblica.
Il futuro bussava e nessuno ha capito che sarebbe stato necessario pensare prima di spalancare la porta.
Quindi tornando alla domanda originale: tutto è iniziato con l'eccidio di Roma?
Io ancora sostengo di no, ma forse si potrebbe essere tentati dal dire che un attentato in quanto tale no, ma l'ultimo di una lunga serie sì. Forse quella fu solo la goccia troppo grande per non fare traboccare il vaso.
Azioni di violenza inaudita con vittime innocenti minano l'idea stessa di libertà. Uomini capaci di pianificare carneficine in cui poveri disgraziati si fanno esplodere con la promessa di un paradiso eterno e in cui combattenti addestrati rincorrono i superstiti per giustiziarli a sangue freddo, diventano inevitabilmente l'idea del male. Ecco allora il bene da contrapporvi. E scivolosa è la via che finisce poi per sovrapporre quell'idea di bene, tanto vaga quanto necessaria, con un'altra ideologia, un'altra religione monoteista praticata nei paesi vittime degli attentati.

Troppo semplice per essere verosimile!
La storia della violenza islamista nasce nei paesi arabi e non in Europa. Le prime vittime sono state le popolazioni dell'autoproclamato Stato Islamico del Califfato nel 2014. L'Isis e soprattutto il suo progetto di un grande stato arabo confessionale islamico nascono, infatti, in risposta al sostegno americano al governo sciita dopo l'occupazione dell'Iraq e l'uccisione di Saddam Hussein, che notoriamente era un laico.
Il popolo siriano negli anni a seguire ha visto brutalità tanto terrificanti da sembrare inconcepibili: crocifissioni, donne torturate e brutalmente uccise perché ritenute inadempienti ai precetti religiosi. Ricordo di aver letto un vecchio articolo che descriveva guardie femminili dello stato islamico che indossavano dentiere di ferro per azzannare e squartare le "sorelle" disobbedienti.
Poi in un mondo globalizzato, ma diviso in alleanze e sfere di influenza, il terrorismo è diventato globale. L'Europa si è dimostrata un obiettivo sempre più frequente e forse anche molto facile, perché impreparato. Intanto le guerre del Medio Oriente e del nord Africa portavano folle di profughi, disperati e senza nulla, in cerca solo di sopravvivere.
Nessuno si rassegna a morire. L'uomo è l'unico animale in guerra con se stesso.
I flussi migratori hanno però effetti destabilizzanti, paragonabili solo a quelli derivanti dalle guerre, sulle economie, sulla società e sulla politica. L'Italia, con le sue infinite coste, è senz'altro particolarmente esposta, ma anche Germania, Francia, Olanda, Belgio, Danimarca, Svezia e tutto il vecchio continente

hanno dovuto decidere tra politiche di accoglienza o respingimenti. Ma ancora una volta l'Europa non è stata all'altezza della storia.
Ora poi, con l'Italia con le frontiere chiuse e un ingente controllo del territorio da parte dell'Esercito Pontificio, i disperati – rappresentati sempre più da vecchi, donne e bambini – trovano nuove difficoltà per il loro viaggio verso la salvezza.
La stampa internazionale parla di città trasformate: a Berlino e Parigi i migranti vivono accampati ai lati delle strade, nelle piazze storiche, sotto i monumenti.
Eccoci a uno dei punti: l'incapacità dell'Europa di essere un'entità politica. A vederla oggi in fiamme per attentati quasi quotidiani, con i cittadini che, quando ritrovano il coraggio di uscire, si nascondono in bar, ristoranti e auto blindate, terrorizzati da un lato dal pericolo islamista e dall'altro dall'invasione di profughi che cercano di guadagnarsi il cibo, si dubita della sua storia.
Quindi il germe di quello che oggi stiamo vivendo qui è da ricondurre all'abortita idea di un'Europa di popoli e diritti? Forse.
La politica e i suoi attori si sono distanziati così tanto dal sentire delle persone, dai loro problemi quotidiani, da diventare nemici?
Quando l'Inghilterra decise con un referendum popolare di abbandonare l'Unione Europea nel 2016 rimasi sconvolto, incredulo. Dov'era finito il buonsenso anglosassone? Il paese che aveva accolto le speranze di tanti giovani, in cui nessuno offendeva il prossimo per le proprie inclinazioni sessuali e politiche, che fine aveva fatto?
Quello che tutti avevano ritenuto impensabile accad-

de, ponendo le basi per la lenta e inesorabile trasformazione dell'Inghilterra in un enorme campo di coltivazione di fagioli e allevamenti di suini. Niente più finanza, niente più musica di avanguardia, niente più terziario avanzato.
L'appello al provincialismo, alla paura dell'immigrazione trovò un pubblico affamato di pregiudizi, xenofobia e rabbia. La provincia inglese si dimostrò al mondo così diversa dalla Londra che noi studenti stranieri avevamo imparato ad amare. Ma perché? Da dove veniva tanto scontento? Le politiche di austerity degli anni precedenti la brexit avevano visto un taglio profondo ai fondi per il servizio sanitario nazionale e la spesa pubblica. Ancora una volta si pensò che la cosa più semplice fosse costruire un nemico: la modernità e la perdita di identità nazionale.
Nemici: l'uomo del nuovo millennio, dimenticate e rinnegate le ideologie, ha bisogno di nemici. Nemici del cattolicesimo, nemici delle sovranità nazionali. Forse oggi è il giorno in cui si festeggia l'egoismo.

Matteo si strofinò gli occhi e fissò quella parola scritta sul foglio.

VI
Sara e Matteo: l'amore

Sara decise di rispettare l'abitudine che si era imposta ogni volta che si ritrovava sola nella stanza gialla, come fosse un rito scaramantico che le assicurasse il ritorno del proprio uomo. Doveva distendersi sul letto e ripercorrere le fasi salienti della loro storia d'amore: era un modo per esorcizzare la paura di dimenticarsi di lui, del suo profumo e della sua pelle, come le era accaduto per i suoi genitori.

Nel tempo aveva esplorato ricordi diversi, si era concentrata su particolari che in passato aveva sottovalutato e forse aveva anche aggiunto dettagli di fantasia, arricchendo la realtà di sogni e non detti.

Lasciò la grande finestra aperta, ma tirò la tenda per proteggersi dalla brezza e per creare un po' di intimità nella stanza. Si sdraiò sul materasso duro, sulle lenzuola profumate come solo la biancheria stesa al sole può esserlo, e chiuse gli occhi.

Lei e Matteo si erano conosciuti in una sera di aprile del 2025.

In un antico palazzo del centro di Bologna, che tutti i venerdì sera ospitava uno degli aperitivi più famosi e alla moda della città, Sara era seduta a un tavolo con alcuni amici e amiche. Sul palco si stava esibendo lo Chef Simone, la star della serata, accompagnato al pianoforte dal Maestro Ferri. Davanti a un pubblico attento e ammirato l'uomo piccolo e ossuto realizzava quello che poteva sembrare un semplicissimo uovo sodo, ma che in realtà nascondeva un tuorlo perfettamente liquido e crudo, grazie a un complicato processo di congelamento parziale precedente la cottura.

Una volta che l'abile coltello del cuoco ebbe tagliato l'albume perfettamente cotto, il liquido giallo colò sul grande piatto quadrato, come per magia. Il pubblico ammirato e stupito si alzò per applaudire l'artista. Intanto Ferri, famoso in tutta Europa come uno dei compositori ed esecutori contemporanei più talentuosi, lasciava la scena nella più totale indifferenza.

Sara si guardò istintivamente intorno alla ricerca di uno sguardo perlomeno critico come il suo e fu in quel momento che intercettò l'espressione amareggiata di Matteo che osservava il Maestro raccogliere il proprio spartito e allontanarsi leggermente curvo.

Il peso del suo osservare fece voltare l'uomo verso di lei. Era alto, molto alto, robusto, leggermente brizzolato, con un accenno di barba e baffi, come fosse indeciso se lasciarli crescere o tornare sui propri passi e rasarsi. Era in completo grigio e camicia bianca, con il primo bottone aperto e la cravatta leggermente allentata, alla ricerca di un po' relax dopo un'intensa giornata di lavoro.

Prima la sfiorò distrattamente con lo sguardo, poi si voltò ancora verso di lei e la ispezionò, fissandola infine negli occhi. Lei si pentì di aver ricercato quella complicità, si sentì a disagio, come se lui l'avesse spogliata lì davanti a tutti. Quando però l'uomo le sorrise, si lasciò avvolgere da quel gesto sincero e accogliente e ricambiò.

Appena l'euforia per l'esibizione finì, tutti si riaccomodarono seduti e il vociare indistinto del venerdì sera riconquistò l'antico salone. Sara ascoltava gli amici, ma non aveva voglia di chiacchierare. Finì il proprio drink e, con la scusa di avere ancora sete, si alzò e si incamminò verso il bar.

Fu allora che riconobbe l'uomo che le aveva sorriso: era in piedi davanti alla foto in bianco e nero di una donna inginocchiata a terra, nuda, con le mani legate tra loro da una corda, appoggiate al pavimento, il corpo immerso per qualche centimetro nell'acqua. Si avvicinò a lui. Ne era attratta, ma mentre la distanza tra loro diminuiva una strana agitazione la assaliva sempre più potente.

"Ti piace?" chiese quando si trovò al suo fianco. "Molto" disse lui voltandosi incuriosito verso quella voce. Forse non era abituato a farsi dare del tu con tanta disinvoltura, ma non sembrava indispettito, solo stupito. "È stata scattata su pellicola e sviluppata in camera oscura." disse lei. Lui la fissò con fare inquisitorio "Lei è l'artista?", poi si corresse immediatamente. "È tua?"

"Sì" rispose Sara mentre le mani iniziavano a tremarle leggermente e a bagnarsi di sudore. "La modella è quella ragazza bellissima seduta al mio tavolo. Si chiama Angela, è una biologa ed è assolutamente inconsapevole del suo fascino." L'uomo sorrise, pensò molte risposte, ma non aggiunse nulla. Però chiese a Sara di fargli da guida mentre osservava tutte le sue opere appese alle pareti del salone.

Lei che non aveva mai amato parlare delle proprie foto, tantomeno con sconosciuti, si ascoltò stupita esporre l'idea che si nascondeva dietro quegli scatti, spiegare quanto fossero i particolari dei corpi femminili ad attrarla e come amasse quel progetto perché trovava il bianco e nero particolarmente denso di realtà.

Matteo la ascoltava serio e concentrato. Sembrava particolarmente interessato alle immagini più forti, ai corpi nudi e sensuali. Davanti all'ultima foto, che ritraeva una donna in piedi, di profilo, appoggiata ad un muro con gambe e braccia divaricate, un brivido a incresparle la pelle e a gonfiarle i seni e una cintura maschile tra i denti, le disse con voce ferma "Abbiamo cose di cui parlare, io e te". Sara sentì le gambe perdere stabilità e il pavimento diventare liquido. Le guance arrossate e bollenti la costrinsero ad abbassare il viso; era sicura che lui ne stesse sorridendo.

Matteo allora si presentò e la invitò al bar a bere qualcosa.

Nessuno dei due quella sera tornò al proprio tavolo, se non per salutare le rispettive compagnie quando queste si alzarono per andarsene. Rimasero a chiacchierare fino a notte fonda, raccontandosi le loro vite solitarie, gli impegni professionali e i gusti musicali. Così Sara scoprì che lui aveva una decina d'anni più di lei, viveva a Imola solo ed era giudice per le indagini preliminari al tribunale di Bologna. Sara raccontò del suo piccolo appartamento in San Donato, del suo lavoro da fotografa per alcune testate giornalistiche e alcuni magazine di moda e dei servizi a eventi e matrimoni per far quadrare i conti. Entrambi avevano storie sentimentali alle spalle, lunghe e sofferte, ma avevano trovato un equilibrio più o meno stabile nello stare soli.

Si scambiarono numeri di telefono ed e-mail.

Dopo una settimana di messaggi e telefonate, in un crescendo di confidenze anche di carattere intimo, Matteo la invitò a cena a casa sua.

Sara guidò fino a Imola, avvolta nel vestito in seta abbottonato sul davanti acquistato per l'occasione. Dopo decine di prove, aveva optato per abbinarvi la vecchia giacchina di pelle e un paio di biker. Il reggiseno a balconcino rendeva il suo decolleté particolarmente generoso e la sottoveste di pizzo la faceva sentire bella e sensuale. Era emozionata come non le capitava da una vita, desiderava quell'uomo e le sue mani. Voleva che lui la spogliasse, la ammirasse e la usasse per trarne e darle piacere. In autostrada, sulla sua vecchia utilitaria, con le gambe nude appoggiate contro la ricopertura sintetica dei sedili e il sudore che le colava sulla pelle, ripensava alle frasi che si erano scambiati in quei giorni. Come aveva potuto confessare a un perfetto sconosciuto le proprie fantasie erotiche? Perché nessuno prima era riuscito a farle ammettere ciò che emergeva da tutti i suoi scatti? La completa assenza di giudizio da parte di Matteo era stata la prima causa di quelle confidenze, assieme all'implicita condivisione di quelle fantasie di possesso e di sottomissione.

Matteo la accolse con quel sorriso aperto che già l'aveva conquistata la prima volta che si erano visti. Mentre la osservava appoggiare la borsa e sfilarsi la giacca, un'espressione completamente diversa gli attraversò per un istante il viso, un misto di desiderio e conquista che fece rabbrividire Sara.

Aveva cucinato e apparecchiato la tavola con cura. Nell'aria si fondevano l'odore dell'arrosto e il fresco profumo di bagnoschiuma e dopobarba che accompagnava i movimenti di Matteo. Girava scalzo per casa e fece di tutto per farla sentire a proprio agio. Brindarono al loro incontro e poi si accomodarono per mangiare. La conversazione leggera, l'ironia pungente di lui e il vino fecero rilassare Sara, anche se le mani grandi e forti dell'uomo attiravano la sua attenzione in maniera quasi morbosa. Si dovette imporre più volte di guardare altrove.

Mentre bevevano il caffè e assaggiavano i pasticcini che lei aveva portato, una telefonata interruppe la loro conversazione. Matteo rispose e andò a parlare nella stanza accanto.

Quando ritornò, aveva nuovamente quell'ombra negli occhi. Allungò una mano per invitare la donna ad alzarsi, poi disse "Fammi vedere, spogliati."

Sara con le mani tremanti si sbottonò il vestito e lo tolse lentamente.

"Sei bella, sei molto bella. Togliti tutto..."

Sara obbedì e annuì alla sua osservazione: "La prossima volta metti un bel paio di tacchi."

Lui si spostò indietro per poterla guardare meglio. Un brivido la fece tremare.

Quando l'onda passò, Sara fece ciò che aveva desiderato per giorni e che non aveva mai neanche ipotizzato di fare con altri uomini: si inginocchiò ai suoi piedi e gli baciò la mano. Matteo le accarezzò la testa e lei gli leccò le dita. La lasciò fare e le infilò il pollice tra le labbra. La osservò accoglierlo docile, poi la aiutò ad alzarsi, la sollevò di peso e la portò in camera, depositandola sul grande letto.

Lì la possedette quasi brutalmente e accompagnò i gesti con frasi sconce e intimi schiaffieggi finchè Sara raggiunse il primo vero orgasmo della sua vita.

Dopo quell'amplesso appassionato e quasi animale, lei

gli si raggomitolò a fianco nascondendo il viso. Lacrime calde di stupore ed emozione le sgorgavano incontrollate dagli occhi.

Fu allora che Matteo la abbracciò e la costrinse a voltarsi verso di lui per baciarla e permetterle di vedere che anche i suoi occhi erano umidi.

In quell'istante Sara sentì chiaramente l'uomo farsi spazio in un angolo del suo cuore e conquistarlo per sempre.

In quella primavera e in quella estate piovose, Sara e Matteo divennero una coppia e la loro storia si trasformò in una relazione. L'Europa bruciava per gli attacchi terroristici, la televisione e i mezzi di comunicazione dimenticarono le guerre che stavano radendo al suolo il Medio Oriente e il Nord Africa e si concentrarono esclusivamente sulle tensioni interne al vecchio continente.

Le grandi metropoli, un tempo turistiche e accoglienti, vivevano blindate, insanguinate e umiliate. Parigi, Londra, Amsterdam, Bruxelles, Barcellona, Madrid e Stoccolma sembravano essersi trasformate in nuove Tel Aviv con posti di blocco ovunque ed esplosioni in pieno giorno, seguite dalle corse delle sirene delle ambulanze. I luoghi della cultura e dell'intrattenimento erano i più colpiti, così la paura teneva la gente a casa e le strade si riempivano sempre più di profughi e disperati, bersagli dei movimenti reazionari e razzisti, sempre più potenti e armati fino ai denti.

Le donne diventarono l'obbiettivo degli attacchi, tanto degli islamisti quanto dei conservatori, gli uni convinti che il Corano ne chiedesse la limitazione delle libertà personali, gli altri sicuri che i costumi moderni e il desiderio di realizzazione professionale di madri e mogli moderne stesse minando la cultura europea e la stessa sopravvivenza della razza ariana.

Ma Sara e Matteo erano innamorati, coinvolti in una passione assoluta che li teneva sospesi al di sopra della storia e delle tensioni che anche l'Italia stava vivendo. Frequentavano pochi amici selezionati, e se capitava che da un tavolo vicino, magari al ristorante, qualcuno cercasse di coinvolgerli nelle infinite discussioni sullo scontro di religione e di cultura, loro semplicemente pagavano e se ne andavano.

Lavoravano tutta la settimana passando più sere possibile insieme e il week-end si rintanavano a Imola nella casa di lui. In realtà parlavano di tutto e si confrontavano sulla visione della vita e anche della politica, ma in quei mesi il coinvolgimento era troppo grande perché potessero dare troppa importanza alle dinamiche esterne.

L'egoismo nella sua dimensione sociale e personale.
Anch'io ho peccato di egoismo. Ho conosciuto lei, Sara, ad aprile del 2025 e ho ignorato il resto del mondo.
Ero un uomo delle istituzioni, avrei dovuto capire cosa stava accadendo nel mio Paese e nel mondo e invece, come un ragazzino, ero concentrato su di lei e soprattutto su di me.
Sara, creatura tormentata, che un giorno ha accettato di essere mia.

Nella cella arrivò ancora una volta il buio e con esso quella nebbia che impediva di distinguere il sogno dalla realtà, l'allucinazione dal ricordo. La vide nuda seduta sul letto a castello, al piano più alto con i piedi a dondolare nel vuoto.

Nascondeva qualcosa, col viso abbassato.

Si chinò per guardarla. Stringeva tra i denti degli aghi grossi e lunghi.

"Che ci fai, tesoro, con quelli?"

"Guarda" rispose lei senza dischiudere la bocca.

Ne prese uno tra le dita, divaricò appena le gambe e se lo appoggiò sulla carne della coscia. La pelle si incurvò attorno alla punta d'acciaio, poi cedette e vi si conficcò.

Calava lento e lei non emetteva un lamento.

Era il suo rito per cercare di anestetizzare la disperazione e la solitudine. Glielo aveva raccontato una sera nascondendo le mani sotto la gonna, come una bambina.

Il pavimento cedette sotto la sua sedia esattamente come se fosse stato la punta di quel maledetto spillo. Sarebbe sprofondato nelle viscere della terra, ne fu sicuro.

Cercò di proteggersi il volto tra le mani e scrollò la testa.

Riaprì gli occhi e lei era ancora lì. La sedia si muoveva come fosse in barca. Temette di dover vomitare.

"Cosa c'è, hai paura di me?" chiese la donna.

"No. Non ho paura. Solo che la tua mancanza mi ucciderà."

"Voglio stare qui con te."

"Lo so tesoro, ma non puoi, non possiamo."

"Vuoi giocare con me?" e gli allungò la cintura dei pantaloni che indossava il giorno in cui venne arrestato e che gli era stata requisita.

Matteo si appoggiò al tavolo sprofondando tra le braccia. Ripensò a quando lei gli aveva chiesto di colpirla sul culo con una cinghia di cuoio, prima di fare l'amore.

Erano giochi erotici che la sconvolgevano e la attiravano inesorabilmente. Era stato lui a porre dei limiti, ma nello stesso tempo a spingerla ad accettare quei desideri senza condannarli. Matteo negli anni aveva imparato a controllare i propri istinti di dominazione e ad usarli tra le lenzuola senza pregiudizi. Ma lì, tra quelle quattro mura, tutto aveva un'apparenza diversa. Ebbe paura di perdersi e così le urlò "Ti prego, vattene".

Il pavimento tornò immobile e lei sparì, così come era arrivata.

Si sentì morire, come se davvero le avesse strillato contro, come se davvero avesse potuto ferirla con quelle parole gridate all'etere.

Bevve un sorso d'acqua dalla caraffa e ricominciò a scrivere.

Dal 2025 al 2027 ho vissuto in una bolla. Leggevo i quotidiani, lavoravo, ma in fondo pensavo a lei. La sera davanti alla televisione soffrivo nel vederla in lacrime per i morti degli attentati e delle manifestazioni.

Ecco, la mia visione personale era legata a lei e basta. Un pazzo in una periferia, arrabbiato, sequestrava un autobus e correva sulla folla in nome del suo Dio: e io? Io morivo a vederla angosciata.

Il telegiornale locale trasmetteva in diretta la cronaca di un giovane nordafricano che – arrivato a Bologna da alcuni anni grazie al sudore della madre cameriera – aveva imbracciato un fucile e stava sparando in un cinema: io pensavo solo che avrei voluto cambiare canale per non vederla uscire di corsa con la macchina fotografica al collo.

Se non avessi dovuto temere per la vita della mia compagna, forse avrei potuto cercare di analizzare i fatti. Erano tutti spinti dal fervore religioso? Bastava infor-

marsi un po' per scoprire che oltre ai grossi attentati organizzati e gestiti militarmente, c'erano azioni di disgraziati delusi dalla vita e in collera con le istituzioni.
Già, arrabbiati e basta, in un tempo in cui l'uomo aveva perso ogni freno inibitore. Eccolo allora, il giovane immigrato che in patria aveva fatto le scuole migliori e si era vantato di una vita di moderata agiatezza. I suoi privilegi erano stati pagati con i soldi inviati dall'Italia da una donna che lo aveva lasciato solo per accudire i figli di altre donne. Poi, giunto nella Terra Promessa per ricongiungersi con la madre, il ragazzo si era accorto che lei era in realtà una "serva", l'ultimo anello della catena economica. In adolescenza il confine tra stima e rabbia è tanto sottile quanto mutevole. Così il nostro migrante diveniva un altro elemento da assoldare nell'esercito della lotta a ciò che è ingiusto a priori.
Là dove non vi era lotta sociale e dove il paradiso non era un premio sufficiente, interveniva la promessa della fama mediatica: il Dio più potente e crudele di tutti.
Allora tutta l'Europa dovrebbe essere ora un enorme Stato Pontificio?
Ma così non è.
Cosa ci ha resi diversi? Destinati al nuovo medioevo cattolico?
Di un'unica cosa sono certissimo: la nostra vecchia Costituzione non ha avuto alcuna colpa.
Se c'era uno stato in cui era difficile sovvertire l'ordinamento repubblicano, quello era il nostro. Dopo il fascismo era stata inventata una Costituzione lunga,

quindi analitica nell'identificazione degli organi costituzionali, dei poteri e dei loro bilanciamenti e controlli. Altresì programmatica, e rigida.
Infatti nel 2027 il Partito della Nuova Restaurazione, per poter riscrivere quelle parti della Costituzione che, anche a fronte di un ampio consenso, di una schiacciante maggioranza e del controllo delle istituzioni democratiche, non potevano essere modificate, ha dovuto prevedere l'insediamento di una Nuova Costituente.
Il testo che questa si impegnava a redigere proponeva un modello di ordinamento inedito per un moderno stato europeo e rivedeva i principi fondamentali, come il principio di uguaglianza, di libertà e inviolabilità della persona.
La legislazione e le coscienze si stavano preparando per il passaggio che fino a dieci anni prima nessuno avrebbe potuto anche solo ipotizzare.
Ed eccoci all'undici maggio del 2028: a due anni esatti dall'attacco terroristico in San Pietro, ha visto la luce il Nuovo Stato Pontificio d'Italia, cancellando tutti i partiti e tutte le tensioni politico-religiose di Prima, Seconda e Terza Repubblica.
Quello che era rimasto della Costituzione del 1946 è stato ufficialmente abolito e sostituito dal nuovo testo della Costituente, in ottemperanza ai ritrovati dettami cattolici. L'Italia è stata così trasformata in uno stato confessionale.
Con il passaggio dei poteri al Vaticano, il Parlamento e il Senato della Repubblica sono stati sciolti, le istituzioni laiche sostituite da quelle ecclesiastiche e i poteri legislativo, esecutivo e giudiziario riformati.
Così il popolo italiano ha perso i diritti che in anni di

lotte, referendum, leggi e decreti aveva conquistato. L'aborto è stato proibito e le donne che ne fanno illegalmente ricorso vengono imprigionate; se invece c'è la prova di un tentativo di prendere contatto con strutture estere o italiane abusive, la colpevole viene costretta a portare a termine la gravidanza, le viene tolto il bambino e subisce una pena detentiva di dieci anni.

Il divorzio è stato anch'esso dichiarato illegale, ma con una norma che ne prevede carattere retroattivo di due anni, così che molte coppie divorziate da un periodo minore si sono ritrovate ufficialmente sposate. L'unico matrimonio ammesso è ovviamente quello cattolico, facendo decadere qualsiasi diritto di coloro che avevano contratto un matrimonio civile durante la Repubblica.

La convivenza tra persone di sesso diverso è vietata e quella tra persone dello stesso sesso deve essere approvata dal commissario di zona, incaricato di escludere casi di omosessualità.

Quando il nuovo Stato è stato proclamato e il testo pubblicato, ho vomitato un giorno intero.

Avevo cercato di sensibilizzare le associazioni di omosessuali sulla pericolosità di norme che paventavano la discriminazione, ma non avevo capito che in realtà la posta in gioco era ancora più alta, era la stessa idea di libertà della persona.

All'inizio ho temuto una guerra, l'occupazione da parte degli altri stati europei, ma ancora una volta ho sottovalutato il potere del dichiarato scontro tra religioni e soprattutto della politica-economica.

Germania e Francia, sebbene ben ancorate alla loro

concezione laica dello stato e dell'individuo, hanno conferito pubblica benedizione al Nuovo Stato Pontificio d'Italia.
Settemilaquattrocento chilometri di coste militarizzate dal Santo Esercito, l'ottemperanza agli impegni di accoglienza dei profughi e l'impegno al controllo dei flussi migratori verso nord, sono ampiamente bastati a sfatare ogni ritrosia di tipo morale.
La cosa che più mi sconvolgeva era che gli uomini e soprattutto le donne avessero accettato le nuove imposizioni e le negazioni delle libertà fondamentali dell'essere umano senza ribellarsi.
Gli italiani avevano dato un'unica lettura alle violenze degli ultimi tempi, attribuendole completamente all'Islam. Gli altri erano i cattivi e i cattolici i buoni. Il popolo era arrivato a invocare leggi razziali contro i musulmani: "loro" ci avevano dichiarato guerra e noi contrapponevamo la nostra croce di Cristo.
La Spagna è un paese cattolico, profondamente cattolico, il Belgio anche e perfino in Germania vi sono molte regioni in cui buona parte della popolazione è praticante, però solo noi siamo stati conquistati dall'idea di rifugiarci completamente nella religione, tanto da trasformarci in uno stato confessionale.
Tra queste quattro sporche mura ho riflettuto molto su questo punto.
Quale aspetto della nostra società e della nostra cultura ci ha reso "vittime" predestinate alla fine dell'ordinamento repubblicano?
La prima differenza tra noi e i popoli del cosiddetto nord Europa è sicuramente il diverso modo di concepire il bene pubblico, il bene della comunità. Chi evade

le tasse in Italia è, nel pensiero comune, furbo o costretto dall'alto livello di tassazione. All'estero è un ladro che ruba agli altri e alla comunità, impoverendo i servizi pubblici, come gli ospedali, le scuole, ecc. Questo perché esiste una sovrapposizione tra l'idea del Noi e l'idea stessa di società. In Italia, inoltre, la struttura relazionale sociale vede come punto di riferimento la famiglia, non l'individuo.

Negli anni della grande crisi economica questo aspetto è stato supportato e caldamente incoraggiato dalle istituzioni con l'obiettivo di rendere socialmente accettabile il taglio economico al welfare. La famiglia cattolica, con i suoi valori, le sue regole non scritte e il suo complesso sistema di relazioni e dipendenze, è diventato un elemento fondamentale della società. La percezione di diritto della persona è stato sostituito dal dettame ideologico, nella sua visione più elevata, e dalla facoltà del singolo di ricavarsi una via silente per trasgredire la regola, nella sua applicazione più deleteria.

Se il pubblico non aveva più soldi per gli asili, bastava esaltare l'ideale dei nonni e del valore degli insegnamenti tradizionali guidati dai legami di sangue.

Non era più necessario battersi per la legge sul fine vita o la difesa dell'aborto, l'importante era sapere che nel privato tu, singolo, avresti trovato il modo di risolvere il "problema" senza schierarti apertamente per una via legislativa che garantisse a tutti l'accesso ad un diritto e non a un privilegio.

La famiglia cattolica ha prima ottenuto dignità d'istituzione e poi ha, nelle coscienze, sempre più insinuato l'idea di un Noi che finisce coi legami di sangue e

non si identifica con lo Stato e la società.
Secondo questo sistema di valori, è stato consentito agli uomini delle istituzioni di essere obbiettori e di rifiutarsi, ad esempio, di formalizzare le famiglie omosessuali, perché in contrasto con l'unico modello di famiglia accettata: quello cattolico. Ovvero si è lasciato che le idee private e religiose influenzassero l'amministrazione dei pubblici uffici, sottomettendo il diritto alla morale personale.
Forse, per tornare alla domanda originale, tutto è partito quando l'Italia ha smesso di essere una Repubblica basata sul lavoro e ha iniziato a essere una Repubblica basata sulla famiglia e i suoi legami.

Sara si arrotolò su un fianco, stringendo le ginocchia al petto.

Ripensò alle mani del suo uomo, ai segni che sapevano lasciarle addosso, al controllo che esercitavano sulla sua mente e alla capacità di farla evadere dalla realtà, per poi riportarla saldamente a terra. Si era sentita nuda davanti a lui dalla primissima volta che lo aveva visto e lui aveva saputo rispettare quella nudità e, giocando con il demone della sottomissione, le aveva insegnato ad amarsi anche nelle fantasie meno convenzionali.

Matteo era il suo baricentro, il conquistato equilibrio dell'altalena su cui lei aveva sempre vissuto, in perpetuo dondolio tra follia e salvezza.

Socchiuse gli occhi e lasciò che la brezza che muoveva le tende la cullasse fino ad assopirsi.

VII
Aida e Ivan

Era il 23 dicembre del 2027. Sara preparava la cena in cucina e Matteo leggeva un libro sul divano della sala mentre fuori la neve iniziava a cadere a grandi fiocchi, giusto in tempo per ricoprire le strade per la notte di Natale.

Qualcuno suonò alla porta.

Era strano, non aspettavano nessuno e non erano soliti ricevere visite a sorpresa. Al citofono non vi fu risposta, ma Sara istintivamente aveva già premuto il bottone apriporta, che a Bologna si chiama *tiro*. Aspettò titubante sulla soglia quando udì dei passi sulle scale. Erano sicuramente tacchi femminili. Sul pianerottolo si affacciò una donna: era alta, magra, il viso come consumato da una malattia incurabile e gli occhi gonfi. Portava i capelli raccolti in una coda di cavallo folta di ricci selvaggi e sembrava nascondersi in un vecchio piumino di almeno due taglie troppo grande.

"Buonasera, dica" disse Sara vedendo apparire la figura femminile.

"Buonasera, Sara."

"Ci conosciamo?"

"Davvero non ti ricordi di me?" disse la donna avvicinandosi sotto la luce fioca del pianerottolo.

Quando i lineamenti furono visibili grazie all'illuminazione proveniente dall'interno dell'appartamento Sara rimase a bocca aperta, bloccata, con il cuore che cercava di esploderle nel petto.

Dalla sera dell'attentato di due anni prima non l'aveva più vista, ma l'aveva sognata migliaia di volte. Quella maledetta sera, con i capelli bruciati dal calore dell'esplosione, polvere mista a fuliggine sul viso e i muscoli contratti nel più inumano dei dolori, non si era accora della bellezza, dei lineamenti marcati e del colore ambrato della pelle della donna che teneva tra le braccia il corpo del suo bambino. La sua Pietà, la Madonna della sua foto era di origine nordafricane ed era lì, a casa sua, in carne ed ossa.

Il silenzio seguito alle prime poche parole pronunciate aveva portato Matteo ad affacciarsi sul piccolo disimpegno per vedere chi si fosse presentato a quell'ora a casa loro. Faticò anche lui a controllare l'emozione di quella visita inaspettata, ma toccando la schiena della sua donna invitò Aida ad accomodarsi e a togliersi il giaccone gocciolante. La aiutò a sfilarlo e la pregò di sedersi in sala sul sofà mentre lui andava a prendere qualcosa da bere. Sara, ammutolita, stava immobile appoggiata allo stipite della porta. Si sentiva colpevole di aver immortalato quell'attimo e soprattutto di non essere riuscita a impedire che venisse reso pubblico. Sapeva che la donna era lì per quello, che di lì a poco glielo avrebbe dovuto spiegare, che si sarebbe dovuta giustificare.

"Devi dire loro di togliere la foto del mio bambino."

"Guardi io vorrei, davvero vorrei, ma non sono stata io

a dare loro il permesso. Hanno requisito la memory card della mia macchina fotografica…"

"Allora io sono finita!"

Matteo porse un calice di vino rosso a Sara e si avvicinò al divano per offrirne uno anche alla loro ospite. "In che senso, se posso permettermi?" chiese.

"Oggi mi ha chiamato l'Arcivescovo e mi ha detto che non possono più rischiare che qualcuno divulghi come sono davvero, dal vivo, perché tutti rimarrebbero delusi se scoprissero che dalla foto appaio diversa."

"Diversa?" chiese Matteo.

"Sì" rispose Sara anticipando la donna "vedrai che quel mostro non si era accorto, come del resto non mi ero accorta io, che la signora non è di origine italiana."

"Esatto. Quando hanno scoperto che sono marocchina sono diventati matti. La delegazione che mi è venuta a trovare a casa un mese dopo la tragedia era arrabbiatissima."

"Immagino." continuò Sara "avevano già eletto la foto a simbolo della Nuova Restaurazione! Senta, guardi, io davvero vorrei non aver fatto quello scatto, ma non posso più fare nulla. La foto appartiene a loro, non a me, se ne sono appropriati."

"Allora io sono finita!" ripeté Aida.

Matteo intuì che non erano solo il dolore della perdita e l'umiliazione ad angosciarla. "Le hanno fatto qualche richiesta?"

Lei annuì abbassando lo sguardo sul calice di vino che le tremava tra le mani.

"Cosa vogliono?" incalzò lui con tono perentorio, come stesse interrogando un testimone.

"Vogliono che sparisca. Dicono che mi avevano avvisato e che il tempo è scaduto."

"Che teste di cazzo!" sbottò Matteo, facendo sobbalzare la donna.

Sara si avvicinò e si sedette vicino a lei appoggiandole una mano sul ginocchio magrissimo.

"Non ha nessuno in Marocco?"

Aida fece di no con la testa mentre le lacrime iniziavano a solcarle il viso.

Ci volle almeno mezz'ora perché la donna si rilassasse e molte insistenze affinché accettasse di fermarsi per la cena. Sara si sentiva responsabile del suo destino e sentiva di odiare la propria natura debole ed emotiva che le aveva impedito di andare a cercarla per vedere come stava, per domandare scusa per la diffusione di quella foto intima e tragica o anche solo per porgere le proprie condoglianze.

A cena i tre chiacchierarono della situazione politica, dei numerosi decreti che miravano alla limitazione delle libertà personali approvati senza alcuna opposizione, delle loro vite. Aida era una donna acculturata: sotto il velo di dispiacere che portava calato sul viso e nello sguardo, si potevano intuire la sua intelligenza e un'eleganza quasi nobiliare nel muovere delicatamente le mani.

Era cresciuta al palazzo reale in Marocco, allevata, assieme ai figli del Re, da una zia sposatasi a corte. Di origini umili, orfana dall'età di tre anni, aveva potuto studiare e godere di un alto tenore di vita, circondata da artisti e musicisti. Dalla zia aveva ereditato la bellezza, il fisico asciutto e armonico e il potere di esercitare sugli uomini di corte un naturale fascino. Fu così che il figlio maggiore del Re s'invaghì di lei appena diciassettenne, ma essendo il proprio matrimonio già organizzato, ne fece la propria amante. Presto i due innamorati vennero scoperti e lo scandalo la costrinse alla fuga.

Arrivò in Italia con un biglietto aereo di prima classe e abbastanza soldi in tasca da sperare di reinventarsi una vita, nonostante la giovane età. Trovò un paese molto diverso da come lo aveva studiato sui libri. Scoprì che la cultura classica era dimenticata e le avanguardie osteggiate e irrise. Soffrì nell'incontrare cittadini impauriti dalle violenze che sconvolgevano l'Europa, che si erano isolati e rifugiati in primitivi sentimenti di nazionalismo e oscurantismo religioso.

Nonostante le potenzialità economiche e la perfetta conoscenza di quattro lingue, le fu difficile affittare una casa e impossibile trovare un lavoro qualificato. Tutti le chiedevano se fosse musulmana e la guardavano con sospetto.

Quando i soldi stavano per finire, conobbe un vecchio professore universitario e si sposò con lui. Era stata allevata in un ambiente estremamente progressista e non ebbe difficoltà alcuna ad accettare di sposarsi con doppio rito, cattolico e islamico.

Non aveva ancora vent'anni anni, era nel pieno della sua bellezza e femminilità. Il marito la incoraggiò a iscriversi all'Università e la spinse a continuare gli studi anche quando rimase incinta.

Ma il suo destino era segnato: Allah aveva disegnato per lei una vita di lutti e sofferenze e le portò via quell'amore, senile ma sincero e rassicurante, ancor prima che lui potesse conoscere suo figlio.

Sara e Matteo avevano ascoltato in silenzio la donna raccontare la propria storia. Sara aveva immaginato quella giovane marocchina bellissima muoversi elegante in Italia, tra musei trasandati e monumenti bisognosi di restauro. Poi l'aveva pensata tra le braccia del vecchio professore, con la sua pelle liscia stretta nella presa delle mani rugose di lui.

Aida si era bloccata sul ricordo della gravidanza e di quel figlio che non sarebbe mai diventato adulto. La voce di Matteo scosse le due donne dai rispettivi pensieri.

"Come é riuscita ad occuparsi da sola del suo bambino?"

"Ho lasciato il grande appartamento in centro e mi sono trasferita in un monolocale all'estrema periferia di Bologna. Ho centellinato i risparmi di Mario e dopo la nascita del mio bimbo ho iniziato a dare lezioni di lingua in alcune rinomate scuole private. Ora però mi hanno chiaramente detto che non posso più farlo."

Sara la interruppe e tutto d'un fiato disse: "Senti, Aida, io ho un vecchio casolare di famiglia in Romagna. È grande e disabitato. Nella torretta c'è un appartamento in cui viveva la mia nonna, se ti va puoi stare lì..."

"Ma io non so... non so se posso pagare..."

"Ascolta è in una zona depressa e isolata. Se farai lezioni private lì nessuno lo verrà a sapere... è terra di lotte partigiane e anarchia. Sono quasi sicura che nessuno parlerà della tua presenza."

"Non so, grazie, ma non so" rispose la donna abbassando lo sguardo sul piatto ancora semipieno.

"Provi, cosa le costa provare?" disse Matteo con quel tono decisionale ma delicato che gli derivava dall'attività di magistrato, sì, ma anche da un'innata capacità di entrare in empatia con le persone.

Nei mesi a seguire Sara, Aida e Matteo ristrutturarono la torretta. Poi, dopo l'arresto del magistrato, le due donne si inventarono il Casale dell'amore, lo progettarono e gli diedero vita. Aida divenne così la direttrice dell'unico albergo clandestino della zona e, seguendo le direttive di

Sara, decretò il successo del luogo che per molti divenne sinonimo di passione e libertà.

Il giorno del terzo anniversario del Nuovo Stato Pontificio d'Italia, Aida, nell'appartamento che era appartenuto alla nonna di Sara, aveva atteso l'amica col fiato sospeso. Le voci di arresti preventivi e rastrellamenti tra gli oppositori politici al regime le erano giunte da moltissimi clienti dell'albergo, lasciandola terrorizzata.

Sara non solo era colei che le aveva offerto un tetto e un lavoro, ma nel tempo era divenata come una sorella. Aveva imparato a conoscere e amare le sue insicurezze, la sua solitudine e quell'ostinata tenacia che non le permetteva di arrendersi.

Quando Sara finalmente arrivò al Casale, Aida poté tirare un sospiro di sollievo. La strinse a sè e tentò di rassicurarla sulla forza del compagno in prigione. Le aveva preparato un caffè da godersi insieme e un panino da portarsi in camera, sicura che l'amica avrebbe scelto di stare sola con i propri ricordi.

Dopo averla accompagnata alla porta e averle consegnato il contenitore con il cibo, Aida andò in sala. Si chinò sul ragazzo che la guardava titubante. Gli sfilò le scarpe, ma decise di non sgridarlo per averle appoggiate sul suo divano. Pensò che avrebbe dovuto arrabbiarsi e smetterla di darle tutte vinte a quel presuntuoso teppistello adolescente. Magari il giorno dopo. Sì, sicuramente il giorno seguente gli avrebbe fatto un bel discorsetto sull'educazione, ma per il momento si sedette accanto a lui sollevandogli le gambe per farsi un po' di spazio.

Ivan sbuffò: "Non dirmi che è già l'ora di quella palla assurda del telefilm in inglese?"

"Sì! Dai era negli accordi. Io sopporto il tuo linguaggio non sempre aulico e tu impari un po' di inglese. Vedrai: sul lavoro ti servirà"

"Giuro che stasera ti parlerò in russo tutta la cena, così impari cosa vuol dire ascoltare e non capirci un cazzo."

Aida gli strappò il telecomando di mano, selezionò l'unico canale di cui conosceva a memoria la frequenza e si appoggiò con la testa allo schienale.

Per mesi Ivan era andato e venuto da casa sua senza dare spiegazioni e lei mai gliene aveva chieste. Aveva allestito la piccola stanza degli ospiti con una scrivania e teneva sempre il letto fatto con lenzuola fresche di bucato. Di tanto in tanto gli faceva trovare, oltre all'immancabile cena, una maglia o un paio di pantaloni nuovi.

Poi una mattina se l'era trovato il lacrime in cucina, con un occhio nero e il naso sanguinante. Lo aveva curato e lui senza dire una parola si era messo a letto. Da quel giorno non se n'era più andato. Certo, usciva per andare a scuola o, più di sovente, per bighellonare in giro in bicicletta con la sua compagnia di "ragazzi randagi", come venivano soprannominati, ma poi la sera rientrava. Sempre più spesso aveva preso l'abitudine di passare da lei anche i pomeriggi dei giorni festivi per il dolce piacere di litigare sui compiti e sull'igiene personale.

Aida e Ivan si erano conosciuti in una maniera insolita.

Era una tarda serata di settembre 2030 e Aida raccoglieva la biancheria stesa, quando sentì un bisbiglio provenire dal retro del casale. Si avvicinò all'angolo della casa e si affacciò guardinga. Un gruppetto di randagi di età miste dai cinque ai nove anni guardava ridendo sommessamente un ragazzino biondo e magrissimo arrampicato su una vecchia scala. Ivan, vestito con una maglietta che un tempo forse era stata bianca e un paio di pantaloni di almeno tre taglie troppo grandi, spiava a una delle finestre del casale e gesticolava imitando con le mani atti sessuali e fellatio. Abbracciava l'ultimo piolo e faceva segno di infilare l'indice della mano sinistra in un cerchio realizzato con il pugno aperto dell'altra, poi a bocca aperta fingeva di leccare un ipotetico sesso maschile, sbattendo le ciglia come fossero lunghe e truccate.

L'insediamento del Nuovo Stato Pontificio aveva fatto saltare il sistema delle case famiglia e degli istituti in cui i figli allontanati dai genitori o abbandonati venivano accolti nell'attesa, spesso infinita, di accedere al girone dantesco degli affidi temporanei. Se da un lato la giustizia ecclesiastica guadagnò in velocità, riducendo i casi di bambini contesi tra genitori biologici e genitori affidatari nei tre gradi di giudizio, dall'altro la Chiesa – divenuta il potere costituito – perse ogni interesse a tenere in struttura bambini che prima garantivano aiuti di Stato. L'impossibilità per le coppie sterili di accedere alla riproduzione assistita e alle adozioni internazionali venne fronteggiata con una legge tanto innovativa quanto impositiva. Coloro che da sposati non avessero procreato entro i primi due anni di matrimonio, erano tenuti a sottoporsi ad esami di fertilità. Nel caso in cui fosse stata diagnosticata l'impossibilità della coppia ad avere figli, la Chiesa avrebbe dato in adozione uno o due bambini abbandonati, a seconda delle possibilità economiche. L'offerta non mancava di certo: ai bambini che sotto la Repubblica erano stati ospitati da istituti gestiti in prevalenza dal Clero sotto l'egida dello Stato, si aggiungevano i profughi. Il nuovo regime temporale aveva infatti accettato di accogliere un numero concordato con Francia e Germania di migranti e si era impegnata a farsi carico di tutti i minori che avessero raggiunto senza accompagnatori il suolo italiano.

Le coste dello stivale, militarizzate e controllate con fondi e mezzi neanche paragonabili a quanto poteva essere messo in campo dalla Repubblica, divennero così un approdo preferenziale per barconi di minorenni in fuga da povertà e guerre.

Il risultato della normativa, però, non fu quello sperato.

Molte coppie si trovarono, loro malgrado, ad accogliere bambini con idee, religioni e abitudini diverse dalle proprie.

Donne e uomini divennero per legge genitori di bambini e ragazzini con storie difficili e vissuti traumatici alle spalle. I casi di accoglienza e amore furono davvero sporadici. Spesso si trattava di famiglie di formazione laica, dove l'idea di donna e di maternità non si erano sovrapposte e dove la mancata genitorialità biologica non aveva lasciato ferite e rancori.

Se da un lato vi erano genitori adottivi impreparati a esserlo, dall'altro vi erano bambini che faticavano a riconoscersi parte integrante dei nuovi contesti familiari.

Molti scappavano di casa e sceglievano la vita di strada, da condividere con i piccoli profughi che la Guardia papale e il Santo Esercito non riuscivano a catturare.

Di questi ultimi, molti – tra coloro che venivano prima o poi presi, censiti e dati in adozione – si ritrovavano a fare nuovamente i "randagi" dopo esperienze familiari fallimentari.

La storia personale di Ivan si era incrociata e scontrata in più occasioni con la tormentata storia dello stato italiano. Ivan, infatti, era arrivato in Italia nel 2025 a sei anni. Era stato adottato da una famiglia di Bologna che, dopo molti tentativi di inseminazione artificiale, non era riuscita ad avere figli e si era rivolta all'adozione internazionale. Si trattava di una coppia della buona società, inserita in contesti elitari e abituata a frequentazioni alto-borghesi. Le famiglie di origine di entrambi i genitori adottivi non nascosero mai l'imbarazzo di trovarsi ad avere un nipotino di colore. Nessuno si sentiva di girare con un bambino con i tratti somatici più simili alla moltitudine di disperati che vagavano per la città, piuttosto che ai propri. Il seme del razzismo, nutrito dalla paura, dilagava e condizionava tutte le scelte dei cittadini. Anna e Marco decisero quindi di prendere un bambino russo, biondo e ariano, nascondendo i propri pregiudizi dietro l'idea che l'integrazione sarebbe stata più facile per il piccolo straniero.

Al suo arrivo, a quattro anni di età dichiarata, ma sei reali, Ivan fu battezzato immediatamente e gli fu dato il nome di Giovanni, come il nonno adottivo paterno.

Ivan, divenuto all'improvviso Giovanni, italiano, cattolico e figlio, non rispose alle aspettative. Nessuno si impegnò a nasconderglielo.

Cresciuto in un istituto russo, dopo essere stato a soli sei mesi allontanato da un padre alcolista e una madre impaurita, Ivan non sapeva affidarsi e faticava a capire la differenza tra coloro che doveva chiamare mamma e papà e gli altri adulti che si prodigavano intono a lui per insegnargli l'italiano, cucinargli e badarlo.

La cameretta in cui dormire solo lo impauriva. I coetanei distaccati e diffidenti gli facevano venire una nostalgia incontenibile dei vecchi compagni e del bambino russo che era stato, di nome Ivan.

Un giorno con Aida riassunse quegli anni difficili così: "Io non ero riuscito a diventare Giovanni e stavo dimenticando chi fosse Ivan."

Scappò molte volte di casa finchè dopo un anno di litigi, fughe e frustrazioni venne restituito ai servizi sociali dai genitori adottivi. Lo stato lo prese in custodia e gli trovò un posto in una grande struttura pubblica.

La vita di istituto, in fondo, era la realtà che lui conosceva meglio e ci si adattò velocemente. Nonostante il sollievo di ritrovarsi tra ragazzini e di non dover più rispondere alle aspettative degli adulti, quel nuovo abbandono non fece che confermargli di essere sbagliato, di meritare di essere rifiutato, perché indegno di essere amato.

Nel 2028 il Nuovo Stato Pontificio impose ad Anna e Marco di riprendersi Ivan, senza possibilità di dissenso o obiezione.

La convivenza forzata durò pochissimo e nessuno si stupì quando lui non tornò a casa dopo un normale giorno di scuola.

Ivan, cittadino italiano di nome Giovanni, figlio adottivo di una coppia bolognese, divenne allora un ragazzo randagio.

Dai nove ai dodici anni visse di espedienti, dormendo nei vecchi capannoni industriali, prima nella periferia di Bologna, poi nella Terra di Mezzo, dove le guardie si avventuravano meno e dove non si correva il rischio di incursioni punitive notturne.

Ivan arrivò a Medicina in autobus una mattina assolata di giugno del 2029, quando stava per compiere undici anni. Davanti al vecchio cimitero prese una bicicletta. Era lì in una rastrelliera, una curva dopo il camion delle guardie papali.

Come ogni giorno da una decade, il vecchio Ugo l'aveva lasciata senza catena per andare a fare due chiacchiere con la tomba della moglie.

Il ragazzo la vide: nera, altissima con le ruote sottili e il cannone, come quelle delle vecchie cartoline in bianco e nero. Niente la tratteneva, neanche un piccolo lucchetto. Si avvicinò guardingo e quando stava per prendere il manubrio tra le mani, sentì distintamente il rumore di un mezzo pesante che si metteva in moto. Pensò potesse essere quello degli sbirri e il cuore cercò distintamente di uscirgli fuori dal petto e dalla fruit che una vecchia contessa di Bologna gli aveva regalato. Estrasse la bici e vi saltò sopra come un fulmine, spiccando un piccolo salto per guadagnare la sella e iniziare contemporaneamente a pedalare. Imboccò la Via San Vitale. Correva curvo in avanti, con gli occhi socchiusi per il vento e per il sudore che gli colava dalla fronte. Il rumore del camion lo accompagnò per quasi un chilometro e il suo orecchio lo studiava, come se fosse divenuto un sonar capace di disegnarne i contorni. Quando il rombo lasciò la strada principale, Ivan trovò il coraggio di voltarsi. Allora vide il furgone giallo di un corriere avanzare lento sullo sterrato di una strada laterale.

Avvertì il proprio padiglione auricolare perdere i poteri di localizzatore acustico e il cuore rallentare la corsa, ma lui no, lui non smise di pedalare come un forsennato sotto il sole bollente.

Arrivò sudato ed esausto a Massa Lombarda, al vecchio capannone che un randagio conosciuto mesi prima a Bologna gli aveva segnalato.

Sopra l'imponente cancello in ferro vi era ancora l'insegna della marca di succhi di frutta che in passato vi venivano prodotti.

Ivan si mise due dita in bocca e fischiò tre volte, poi attese un attimo e con tutto il fiato che potè ancora mettere insieme, emise un ultimo lungo sibilio.

Una bimba di circa cinque anni, riccia e magra corse ad aprirgli.

"Ciao sono Ivan" disse lui.

"Ciao. Io Susan. Che vuoi?"

"Mi serve un posto dove stare, mi hanno detto che qui è tranquillo. Chi è il capo?"

"Ognuno per sè e Dio per tutti. Niente capo, entra..."

La piccola lasciò la frase sospesa e Ivan ebbe la netta sensazione che lei stesse sbattendo le ciglia per ammaliarlo o qualcosa del genere. Poi però gli occhi blu di Susan brillarono infernali mentre diceva "... sappi che se è un trucco, se sei una spia, ti mangerò nella notte, mentre dormi."

Ivan sentì un brivido percorrergli tutta la schiena mentre la seguiva attraverso il cortile e all'interno del vecchio stabilimento.

I randagi della Terra di Mezzo avevano adibito a dormitorio il capannone, con tende e casupole di lamiere e cartone, organizzate in circoli concentrici attorno ad un grande spazio centrale che d'inverno ospitava un immenso falò.

Ivan si costruì la sua tana e si posizionò accanto a Susan. Passato lo spavento iniziale, la bambina iniziò a sembrargli più una sicurezza che una minaccia. Col crescere della confidenza infatti valutò la possibilità che, se qualcuno si fosse avvicinato al loro angolo con cattive intenzioni, lei lo avrebbe morso, se non a morte, di sicuro fino a farlo desistere.

Susan era vittima di un'adozione imposta ad una coppia che non aveva avuto figli e che forse neanche li avrebbe voluti. Ufficialmente la bimba, di origini rom, sottratta per indigenza ai genitori naturali e immediatamente affidata alla coppia sterile, era fuggita dalla famiglia adottiva. Ciò che si mormorava invece nel capannone dei succhi di frutta era che i nuovi mamma e papà l'avessero lasciata nelle valli di Comacchio, una decina di mesi prima. Lì una nutria l'avrebbe morsa, facendola diventare una specie di nutria mannara.

Nessuno però osava farsi sentire dall'interessata, per paura di venire azzannato in un impeto di rabbia incontrollata.

Appena arrivata al capannone si era infatti guadagnata sia il soprannome segreto che il rispetto di tutti grazie ai profondi morsi inferti a coloro che avevano provato a rubarle il cibo e occupare l'angolo che si era scelta per costruirsi la propria dimora.

Susan, in quanto femmina, bella come una bambola e teneramente piccola nell'aspetto, era imbattibile a chiedere l'elemosina e a procurarsi da mangiare.

Ivan invece, agile, coraggioso e dotato di un'intelligenza fuori dal comune, rubava tutto ciò che serviva e che lei non riusciva a farsi donare.

In circa sette mesi Ivan, Susan, un paio di profughi siriani di cinque e otto anni, veloci nella corsa come due lampi e un neretto sui nove anni di nome Summer, di cui nessuno seppe mai nè storia nè provenienza, divennero una banda, o meglio una squadra.

Ivan era il più grande e venne identificato senza indugi come il capo. I più piccoli lo seguivano obbedienti e pronti a condividere bottini, viveri e scorribande. Lui imparò il significato delle parole fiducia e responsabilità.

Quando una donna marocchina lo buttò giù da una scala mentre si divertiva a spiare due amanti in un albergo clandestino, si arrabbiò moltissimo.

Lei scuoteva quella maledetta scala e lui non riuscì a resistere, dovette saltare giù sperando di atterrare al meglio. Il più piccolo dei siriani osò addirittura deriderlo sfacciatamente.

Zoppicando dolorosamente si alzò per fronteggiare la donna a muso duro. La gente aveva paura dei ragazzi di strada, a volte ne era addirittura terrorizzata. Ma la mulatta niente, rideva e gli muoveva il dito indice sotto al naso "Ragazzino, fai poco il furbo. Spii e non conosci né le donne né l'amore."

Cazzo, era vero, era proprio vero. Non aveva mai amato e non aveva mai toccato una ragazza. Molti randagi del capannone dei succhi, anche più giovani di lui, avevano avuto esperienze, ma lui no. Era stato da una prostituta una volta, ma si era perso nel suo profumo e nelle sue labbra e aveva concluso prima di cominciare.

La rabbia gli montò al cervello rendendolo cieco: che ne sapeva di lui quella troia mezza negra?

Avrebbe voluto picchiarla per l'umiliazione imposta davanti ai suoi amici e soprattutto per quella verità inconfessabile, ma lei gli diede una spinta. Ivan barcollò sulla gamba già malmessa e il dolore alla caviglia gli raggiunse il cervello come una frustrata, facendolo infine cadere a terra.

Il resto della banda si diede alla fuga lasciandolo solo.

Aida aspettò paziente e immobile che lo sfogo di rabbia gli passasse, poi se ne andò per tornare poco dopo con un bicchiere di acqua fresca e del ghiaccio.

Lo accudì senza dire una parola e facendolo appoggiare a lei lo condusse in casa. Mangiarono in silenzio, poi lui se ne andò via.

Un paio di sere dopo rincasando lo trovò seduto sui gradini "Ho fame, donna."

Ancora una volta lo sfamò senza rivolgergli la parola e ancora una volta lui se ne andò senza salutare.

Una settimana dopo si avvicinò furtivo a lei che era distesa su una sdraio in giardino a leggere e le chiese "Ti disturbo?"

"No per niente. È un piacere conoscerti. Mi chiamo Aida."

E gli porse la mano.

Dopo aver considerato per mesi la torretta solo un appoggio sicuro dove riposare e rifocillarsi, si arrese e ci si fermò.

Una volta che si fu stabilito da lei, Aida iniziò a leggergli dopo cena brani di autrici arabe che parlavano di amori adolescenziali contrastati e passioni impossibili. Censurava i baci e le parti più erotiche, ma lasciava il libro sul tavolo mentre usciva per bere la tisana digestiva in veranda, prima di ritirarsi in camera da letto.

Quando finalmente Ivan le confessò che sarebbe uscito con una ragazza e che per questo avrebbe fatto tardi, ma non si doveva preoccupare perchè non averebbe fatto sciocchiezze, lei scrollò le spalle.

Poi andò nella sua stanza e pianse di gioia.

VIII
Angela e Davide: l'attentato a Roma

Angela e Davide si erano conosciuti il giorno dell'attentato a Roma, l'undici maggio del 2026.

Lei era a un congresso internazionale sulla procreazione assistita per il laboratorio per cui lavorava. Lui era in trasferta presso la direzione di un grosso gruppo bancario per cui stava svolgendo una consulenza. Entrambi sarebbero dovuti rientrare a Bologna con un treno ultrarapido del tardo pomeriggio e attendevano l'arrivo del convoglio alla testa del binario.

Un boato lontano, sordo e indefinito paralizzò l'intera stazione.

Nessuno parlava, in uno dei luoghi più rumorosi d'Italia era calato all'improvviso un silenzio carico di apprensione. La sensazione che qualcosa di terribile fosse appena avvenuta fu confermata di lì a poco dalla moltitudine di sirene che invasero la capitale.

Le decine di maxischermi che solitamente trasmettevano una pubblicità o un video musicale diverso a tutto volume, contribuendo ad alimentare la confusione di viaggiatori e turisti, vibrarono all'unisono e rimasero oscurati per una mezz'ora. Quando si riaccesero con un bagliore improvviso, erano tutti sincronizzati sul canale d'emergenza di Stato. Una giornalista giovane ed evidentemente emozionata, scossa e inesperta, leggeva il comunicato del Consiglio dell'Interno: una complessa azione terroristica, caratterizzata da un'esplosione e da un'operazione di guerriglia con armi da fuoco, aveva colpito piazza San Pietro mentre migliaia di fedeli ascoltavano il nuovo Papa Francesco II nella sua prima Messa serale pubblica.

Il successore di Bergoglio, appena nominato – dopo che Papa Francesco si era ritirato a vita privata – aveva fatto di tutto per confermare la sua posizione di continuità nell'opera del suo predecessore per umiltà, trasparenza e vicinanza ai fedeli prima che ai poteri forti. Così Papa Francesco II aveva deciso di celebrare lui stesso la Santa Messa delle 18.30, pubblicamente, affacciato al balcone di San Pietro, ogni giorno in cui si fosse trovato in Vaticano.

L'elezione del nuovo Santo Padre aveva visto non pochi scontri interni alla Chiesa.

Moltissime associazioni cattoliche, da sempre di stampo conservatore, si erano apertamente schierate per tracciare una nuova via. Chiedevano un ritorno alla difesa del rigore cattolico e nessuna accondiscendenza nei confronti di omosessuali, divorziati e famiglie non convenzionali. Se da un lato invocavano leggi punitive nei confronti dei musulmani, dall'altro proponevano un modello di società così vicina alla Turchia islamica di Erdogan da spaventare gli osservatori laici.

Nonostante queste pressioni e nonostante le indicazioni di molti esponenti delle alte gerarchie ecclesiastiche, Papa Francesco II venne proclamato.

I fedeli erano giunti numerosissimi per assistere alla funzione.

La giornalista riferì che il Santo Padre era stato portato via in elicottero. Moltissimi, decine, forse centinaia, erano i corpi senza vita e i feriti. La città era blindata, le vie di comunicazione interrotte almeno fino al giorno seguente: per il momento era difficile sapere di più.

Angela sentì il sangue raffreddarsi nelle vene mentre paura e dolore le riempivano gli occhi di lacrime. Ancora vittime innocenti, in un tempo che non trovava pace. Poi c'era la sensazione che quello fosse l'inizio di un capitolo ancora più buio per l'Italia. Non era cattolica, aveva amato Bergoglio, aveva gioito dell'elezione di Francesco II, ma aveva sempre temuto per la sua vita in un momento storico in cui progresso e oscurantismi religiosi si scontravano quotidianamente.

Guardò l'orologio multimediale. Vedendo che non erano presenti messaggi né audio né video, prese il cellulare per chiamare sua madre, per tranquillizzarla che stava bene, ma non c'era linea. Scrisse ugualmente un sintetico *Tranquilla ma', tutto ok, sto bene*, sperando che prima o poi il gestore potesse recapitare il messaggio.

Sarebbe stato impossibile ripartire quella sera, così si guardò intorno come a cercare un'ispirazione sul da farsi.

Fu la prima volta che vide Davide: era alto, magro, capelli corti, folti e castani e con solo due leggere rughe a fianco della bocca a tradire i suoi quarant'anni compiuti. Indossava un completo da lavoro nero, la camicia bianca e una raffinata cravatta di Hermes ornata di tante piccole H. La borsa del computer a spalla gli trascinava il bavero del soprabito leggero.

Gli sorrise e lui ricambiò. Una piccola fossetta si aprì sulla guancia destra dell'uomo, che si avvicinò a lei.

"Aspettavi il treno per Bologna?" le chiese, evidentemente abituato a rivolgersi agli estranei dando del tu. Era un atteggiamento tipico di coloro che lavorano nella finanza, pensò Angela, forse perché abituati a parlare in inglese.

"Sì. E tu?"

"Sì anch'io, ma mi sa che siamo bloccati qua, chissà fino a quando!" riprese lui squadrandola dalla testa ai piedi. "Poi speriamo non ci sia ancora qualche pazzo armato in giro, come negli ultimi attentati di Londra."

"Parli dei barbuti o degli ariani con svastica e manganelli?" chiese lei con quel fare leggermente polemico che la faceva ancora assomigliare a una studentessa universitaria pronta a occupare la facoltà.

Davide sorrise. Sapendo di portare a casa qualche punto, rispose: "Sono ugualmente pericolosi. Facciamo così: teliamocela da questa stazione!"

Angela si infilò il chiodo di pelle che teneva appeso sul braccio, raccolse da terra il borsone, lo mise a tracolla e allungando la mano disse: "Piacere, sono Angela."

Davide si presentò con una stretta sicura e cordiale.

"In questi tre giorni di convegno ho dormito in un B&B carino a dieci minuti a piedi da qui" disse lei. "Sotto c'è anche una vecchia trattoria. Che dici di andare a vedere se hanno ancora due stanze per la notte?"

"Perfetto, io sono venuto in giornata. Sono distrutto e ho bisogno di una doccia."

Si incamminarono in mezzo alla folla, osservando la moltitudine di camionette della polizia e perfino i blindati dell'esercito che invadevano le strade. Davide ricordò i racconti sulla liberazione di Roma durante la Seconda Guerra Mondiale. Un vecchio amico romano di suo nonno una volta, da bambino, gli aveva parlato degli Alleati, della parata sulle strade, delle belle donne che li applaudivano e del profumo di tabacco che aleggiava nell'aria. Per anni, nella sua fervida immaginazione di adolescente, Roma sarebbe rimasta legata all'idea di donne adulte in sottana e calze trasparenti che guardavano ammirate i soldati stranieri regalare sigarette.

Il contrasto di quei ricordi con la tensione che si respirava nell'aria era così evidente che anche Davide ebbe la netta sensazione di stare assistendo in diretta a un evento storico e tragico. Un momento che avrebbe aperto una nuova era in cui tutto sarebbe potuto accadere, in cui la vita quotidiana, quella che veramente fa la differenza, sarebbe solo potuta peggiorare.

Angela si faceva spazio tra la gente e si voltava spesso per controllare che lui la seguisse.

Dopo un quarto d'ora svoltarono in una via laterale, finalmente deserta. Angela suonò il campanello della portineria di un vecchio stabile ed entrò a chiedere informazioni. Quando si riaffacciò sulla soglia reggeva in mano sorridente due mazzi di chiavi. "Possiamo salire. Se ti piace, quando scendiamo per cena paghiamo ognuno la sua stanza."

Davide ringraziò, ed era sincero. Era solito risolvere i problemi degli altri, e tanta energia e intraprendenza lo colpirono.

Il B&B si trovava al primo piano di una delle tante scale che si affacciavano sul buio atrio del palazzo.

Davide si incamminò dietro la donna e il suo sguardo fu catturato dal jeans stretto che le avvolgeva le morbide curve, dolci e sinuose nell'ondeggiare della salita. Un fugace pensiero osceno gli fece dimenticare l'attentato, l'esercito e la folla. Quando Angela si fermò davanti all'entrata dell'appartamento e aprì la porta, si sentì colpevole di quel desiderio. Così si lasciò accompagnare davanti alla sua camera e lì salutò velocemente. "Grazie Angela. Mi faccio subito una bella doccia. A dopo."

Lei rispose pronta "Sì, anch'io. Ci vediamo nella cucina comune tra un'oretta, e se ti va scendiamo a mangiare qualcosa insieme."

"Perfetto" rispose lui eclissandosi dietro la porta.

Alle otto in punto Davide si presentò nella sala da pranzo con i capelli umidi, i pantaloni da lavoro e una camicia un po' stropicciata. Angela stava fumando una sigaretta affacciata alla finestra.

"Eccomi" disse lui per richiamare la sua attenzione, "porto sempre una camicia di ricambio, ma la tengo nella borsa del pc, così si riduce in questo stato." Lo disse tutto d'un fiato, ma intanto i suoi pensieri erano già andati oltre, erano concentrati sulla figura di lei. Indossava un vestito lungo, abbottonato sul davanti, di colore rosso con piccoli fiorellini arancioni. La scollatura lasciava esposte le audaci insenature dei seni e faceva intravvedere il reggiseno nero.

Spegnendo la sigaretta sul portacenere appoggiato al tavolo, Angela disse: "Vai benissimo. Ho fame. Andiamo."

"Sì, andiamo."

Uscirono, fecero una tappa dalla portinaia per saldare il pernottamento poi, dopo aver spalancato il pesante portone, si trovarono nuovamente in strada. La trattoria di fronte al B&B era chiusa, così iniziarono a percorrere i vicoli che si diramavano intorno, cercando di evitare le vie principali. Impiegarono una ventina di minuti per capire che la città non solo era blindata, ma che tutte le attività commerciali erano chiuse. Così si affacciarono sul corso che portava alla stazione, da cui erano venuti. Angela indicò un piccolo supermarket con l'insegna *Aperto* lampeggiante. "Vabbè dai, prendiamo qualcosa da cucinare su. Meglio di niente!"

Davide annuì. Insieme attraversarono la strada ed entrarono nel minimarket. Il proprietario, un uomo dai lineamenti asiatici, indiano o più probabilmente pakistano, dalla barba incolta e l'occhio sveglio, li salutò appollaiato dietro l'unica cassa funzionante.

"Vivo solo da un mesetto e ancora campo a tonno. Non sono un gran cuoco!" disse Davide sorridente.

"Non ti preoccupare, ci penso io" rispose lei appoggiandosi sul braccio uno dei vecchi cestini per riporre gli acquisti. Dopo alcuni minuti Angela si presentò alla cassa con l'occorrente per la cena e una bottiglia di vino in mano.

L'uomo azionò il rullo, passò tutti i prodotti, preparò con cura due buste di carta e comunicò a Davide il totale. Angela provò a protestare, ma era evidente che mentre lei sceglieva i cibi tra le strette corsie i due uomini si erano già accordati su chi avrebbe pagato.

Davide estrasse le banconote dal portafoglio, ma prima di poter prendere la spesa fu spintonato da un gruppo di ragazzi che entrarono come furie nel negozio.

Si trattava di quattro adolescenti romani, rasati, con una croce nera enorme stampata sulle felpe.

"Che cazzo fai, arabo di merda? Fai soldi mentre il nostro Papa combatte tra la vita e la morte?"

"Assassino musulmano" gli fece eco un altro.

"Adesso ti sistemiamo noi" aggiunse il più basso e brutto.

Il negoziante iniziò a tremare annaspando nel cassetto per cercare il telefono, minacciando senza troppa convinzione di chiamare la polizia.

Davide spostò con un gesto deciso il ragazzo, che dopo averlo urtato gli si era parato davanti. "Cosa fate? Lasciate perdere. Se siete tanto cattolici andate a pregare!"

"E tu che cazzo vuoi?" disse il primo che aveva parlato e che aveva tutta l'aria di essere il capo della banda. "Prendi la tua troietta e cavati dalla minchia!"

"Troietta sarà tua sorella" disse Angela con le guance arrossate dalla rabbia.

"Ah abbiamo qui due amici degli arabi! Sarete mica atei o musulmani?" rispose il capetto avvicinando il viso in segno di sfida alla faccia di Davide.

Angela, che pochi istanti prima aveva reagito d'istinto, senza pensare, ora era davvero spaventata e si accorse che le mani avevano iniziato a tremarle. La scena che le si presentò davanti nei minuti a seguire fu per lei così veloce e irreale che in quel momento, come negli anni a venire, le sembrò un film di cui lei fosse solo osservatrice esterna e distante.

Davide iniziò calmo. "Non facciamo così, parliamone" ma sulle ultime due sillabe irrigidì i nervi del collo sotto il colletto aperto e stropicciato. Caricò con tutta la forza che aveva spostando all'indietro la testa, infine colpì con la fronte il naso del teppistello, il quale cadde a terra in lacrime. Senza aspettare un istante per verificare le reazioni degli altri, Davide si avventò sul più grosso dei quattro, molto più alto e pesante di lui, che fino a quel momento era stato in silenzio e che ora guardava stravolto da rabbia e sconcerto il proprio capo in terra. Gli si parò di fronte, aspettò che i loro sguardi si incrociassero e gli assestò un calcio nelle palle che lo fece accartocciare su se stesso, poi gli tirò un pugno in pieno viso.

Il dolore alla mano costrinse Davide a una smorfia di dolore e a stringersi il pugno con la sinistra.

I due ragazzi ancora indenni aiutarono velocemente i compagni a rialzarsi. Imprecando il Dio che poco prima avevano invocato come mandante delle loro azioni, sparirono tanto velocemente quanto erano arrivati.

Davide si lasciò cadere esausto su uno sgabellino da bambino appoggiato a terra a fianco della cassa. Angela e il negoziante si chinarono istintivamente su di lui.

Da una piccola porta, sulla parete destra a lato delle casse, mimetizzata da una tenda fitta di fili di conchiglie, apparve una donna. Doveva essere stata lì nascosta ad osservare la scena per tutto il tempo. Era bassa, con eleganti lineamenti marcati, due grandi occhi neri e il naso minuto e perfetto ornato da un fiorellino in argento. Indossava gli abiti tipici delle donne asiatiche, lucidi e colorati, a coprirle i capelli e il corpo. Si chinò anche lei, e in segno di rispetto e riconoscenza, si portò alla fronte la mano sinistra di Davide.

Passata l'emozione e la paura, Faruk e la moglie si presentarono ai due clienti forestieri che li avevano difesi e li ringraziarono ripetutamente. Non era la prima volta che accadeva un episodio del genere e oltre alle vetrine dei frigo spaccate a manganellate, in un paio di occasioni l'uomo era stato selvaggiamente picchiato. I due coniugi pakistani raccontarono che già da un po' di tempo si stavano organizzando per trasferirsi a Bologna. Avevano dei parenti che avevano aperto piccoli negozi in quella città e che non avevano mai avuto problemi così gravi di violenza o di razzismo. Il fatto che gli unici ad aver mai fatto qualcosa per aiutarli fossero stati proprio due bolognesi, li convinse in via definitiva che dovevano impegnarsi per vendere quanto prima il market per poi reinvestire i sudati guadagni nel capoluogo emiliano.

Prima di ritirarsi nel B&B, Davide convinse Faruk a chiudere il negozio finché le acque non si fossero calmate e gli diede il suo numero di cellulare. Lo avrebbe potuto chiamare nel caso in cui i ragazzi fossero andati alla polizia a lamentarsi per le botte prese, ma anche per fargli sapere se e quando si fosse trasferito a Bologna con la famiglia. In effetti negli anni Faruk e Davide diventarono buoni amici.

Essendo in quella tragica giornata gli unici ospiti, la cucina era a loro disposizione. Mentre Davide si rinfrescava con acqua gelata la mano dolorante, Angela iniziò a cucinare. Pulì l'insalata, versò olio, sale e aceto e la rimescolò come le aveva insegnato sua nonna, con le mani. Con le dita e i palmi tra le foglie verdi e croccanti, con l'unto che rendeva la presa liscia e sfuggevole, ripensò all'accaduto. Si sentiva ancora scossa, con la paura che scorreva ruvida nelle vene, ma non poteva far a meno di pensare con una certa emozione ai muscoli tesi dell'uomo che aveva appena conosciuto, alla sua forza. Desiderò con tutta se stessa essere abbracciata e nascondersi tra quelle braccia. Un brivido sulla pelle e un calore diffuso la attraversarono dolcemente.

Davide la guardava affondare le mani nella ciotola dell'insalata, lì al suo fianco, così vicina da sentire il calore che il suo corpo emanava, da poter osservare il seno sollevarsi lieve a ogni respiro.

Quando lei, con un movimento giocoso dell'anca, gli fece cenno di fargli un po' di posto al lavabo per sciacquarsi dall'olio, lui sobbalzò. Si trovarono a condividere il getto dell'acqua. Davide si versò un po' di detersivo per i piatti sul palmo e iniziò a lavarle le mani, cingendole tra le sue, sentendole piccole, lisce e perfette. Lei si lasciò accudire e appoggiò l'anca al corpo di Davide, emozionata da quel contatto. Fu lui il primo a staccarsi, ad asciugarsi e a passarle un pezzo di carta da cucina per fare altrettanto. Angela, con le guance rosso fuoco, riprese a preparare la tavola e mise sul fornello i due hamburger che aveva acquistato.

Quando si sedettero a cena, uno di fronte all'altro, con i bicchieri colmi di vino rosso, fecero un sospiro di sollievo e lasciarono che la tensione di quella giornata infinita e difficile li abbandonasse.

Parlarono a lungo, ma soprattutto parlò Angela. Il vino le faceva fluire le parole sciolte e spontanee.

Gli raccontò della madre malata, della difficoltà ad accudirla senza riversarle addosso i suoi timori per quella terribile malattia incurabile che sembrava stabile, ma che avrebbe potuto aggravarsi da un giorno all'altro.

Poi gli illustrò il suo lavoro al laboratorio. Si occupava di riproduzione assistita per i portatori di malattie genetiche gravi.

Parlò del diritto dell'essere umano a nascere sano e del diritto di tutti ad avere dei figli, una famiglia, al di sopra dei preconcetti religiosi e culturali.

Davide la guardava, la ascoltava e intanto non poteva fare a meno di ammirare la sua bocca carnosa naturalmente rosata, la sua pelle liscia. Era esuberante con quel fare ancora da universitaria, retaggio di innumerevoli riunioni politiche e occupazioni, con quell'impeto che solitamente si perde quando si accede al mondo del lavoro.

Era così diversa da sua moglie, fragile, insicura, timorata di Dio e devota all'idea di famiglia. Aveva dovuto aspettare il matrimonio per possederla, e quando era stata finalmente sua aveva scoperto di non desiderarla più. Valeria aveva tremato sotto le sue mani e aveva subito il suo sesso come un abuso necessario. Già, necessario a realizzare il sogno della sua vita, lo scopo di ogni donna: diventare madre.

La prima notte di nozze Valeria, avvolta in una camicia da notte di seta bianca, lo aveva guardato uscire dal bagno della grande stanza d'hotel che li ospitava con molte aspettative e una paura incontrollata. Lui, stanco dai festeggiamenti e ubriaco, le si era gettato addosso, ma l'impeto era stato subito soffocato dal gesto istintivo di lei di ritrarsi. Davide dovette respirare a fondo per riprendersi e cercare di trattarla con la dolcezza che la sua prima volta richiedeva. Le sfilò la camicia e la guardò tremante nascondersi i seni tra le mani e l'intimità tra le gambe strette. La accarezzò lieve e la baciò spostandole delicatamente le braccia dal corpo. Poteva sentirle il cuore battere all'impazzata sotto lo sterno e avvertire nell'aria il suo disagio, misto al senso di colpa che la sessualità le risvegliava. Ricercò tutta la lucidità di cui aveva bisogno per un approccio delicato e provò a guidare le mani della moglie là dove poche altre volte erano andate, impacciate e inesperte. Si era convinto che nella sacralità del matrimonio Valeria avrebbe superato la sua titubanza, ma si era sbagliato. Il disagio per la propria nudità e per il sesso le era stato insegnato, mascherato dal senso del pudore e poi si era radicato in lei in maniera tanto profonda quanto inconscia.

Forse avrebbe dovuto parlarle, consolarla, aiutarla, ma era la loro prima notte di nozze e lui l'aveva aspettata e rispettata fino ad allora e la voleva. Così arrabbiato e frustrato, con l'alcool che gli offuscava i pensieri, la possedette incurante delle lacrime di dolore e vergogna che le rigavano il viso. Un rivolo di sangue caldo colò dall'inguine al lenzuolo bianco.

"Ecco la prova della tua purezza, amore" disse crudele, "lo vuoi esporre alla finestra per la gioia dei tuoi genitori?" la schernì, sapendo di ferirla.

Uscì dal suo corpo e si masturbò davanti a lei, rabbioso e sconvolto.

Valeria attese ad occhi bassi che finisse, poi si alzò senza dire una parola e si chiuse nel bagno.

Lì sola riuscì a ritrovare pace. Si mise a cavallo del bidè e si lavò come se prima di allora non avesse mai avuto davvero coscienza di quei muscoli e di quelle pareti che ora le dolevano. Si era appena appropriata di una parte nuova del proprio corpo.

Dopo, in piedi davanti al lavandino si accarezzò il ventre e pensò che il più era fatto, che la prossima volta lui sarebbe venuto dentro di lei e che da quel grembo sarebbe nato il figlio che lei già sentiva di amare.

Poi i figli però non erano venuti e la dolcezza si era trasformata in astio, la remissività in rabbia repressa e i sogni in frustrazioni.

Un mese prima di quella cena insolita Davide si era trasferito in uno studio in affitto nel centro di Bologna, ma era già da tempo che lui e la moglie erano separati in casa e che lui dormiva nella stanza degli ospiti.

Era bello, sempre impeccabile e con un buon lavoro: certo non aveva avuto difficoltà a trovare donne con cui sfogare i propri bisogni animali, ma in quelle relazioni fugaci si era sentito sempre poco coinvolto e mai abbastanza soddisfatto.

Gli era quasi impossibile ricordare tutti i visi e i corpi delle donne che si erano spogliate nel suo monolocale in affitto. Giovani, mature, eleganti e sportive gli si erano donate alla ricerca di un piacere occasionale o speranzose di costruire una relazione. Le portava a cena e poi le invitava a salire. Ascoltava della loro vita quel tanto che gli serviva per gestire la conversazione e avere la confidenza per chiedere loro di andare a casa sua per un altro drink.

Quella sera era tutto diverso, Angela era diversa. Era una donna indipendente, autonoma, forte e abbastanza coraggiosa da insultare un teppista. Però era anche sensuale e soprattutto bellissima. Sembrava uscita da un dipinto, come una Venere. Provò a fatica a concentrarsi sulle parole di lei per ignorare la voglia di toccarla. Versò altro vino a entrambi. Angela lo bevve tutto d'un fiato, poi si alzò per andare a lavare le fragole che aveva lasciato sul lavandino. Davide aspettò che gli fosse accanto.

Mentre sentiva il cuore martellare come un ossesso nel petto, appoggiò le mani sulle gambe di lei sollevandole leggermente la gonna. Angela rimase ferma, immobile, allora lui le lasciò scivolare verso l'alto, sulla pelle calda, fino alle cosce.

La giovane donna sicura e combattiva, che lo aveva prima guidato tra la folla, che poi non aveva ceduto alla paura nel negozio di Faruk e che si era appena confidata senza timidezze, ora incoraggiava il suo approccio in silenzio, con un'eleganza quasi antica.

Allora Davide si alzò dalla sedia, la prese per mano e la guidò fino al grande letto della sua stanza.

Chiuse la porta dietro di loro e lasciò che passione, tocchi e sospiri li portassero altrove. Fuori, una Roma surreale li spiava silenziosa dalla finestra.

La luce del mattino li sorprese avvinghiati e intrappolati dal lenzuolo che, arrotolato e stropicciato, li copriva parzialmente.

Angela si alzò per dare una sistemata al letto e coprire bene Davide, quando le parve che tutti i televisori della città fossero sincronizzati e trasmettessero al massimo del volume. Si affrettò a cercare il telecomando del piccolo schermo della camera e spinse start.

Davide si svegliò di soprassalto, ma non fece in tempo a dire nulla: assistettero insieme alla notizia ufficiale della morte di Papa Francesco II in seguito alle ferite riportate nell'attentato terroristico già rivendicato dall'Isis.

Angela si lasciò cadere nuovamente sul materasso mentre fuori, all'unisono, tv, radio e fedeli cominciavano una preghiera corale che saturò completamente l'etere e la città.

Era una litania inquietante e angosciante che lasciò i due ammutoliti e impauriti per il futuro.

Dopo quel loro primo incontro a Roma, Davide e Angela iniziarono a frequentarsi soprattutto nei week-end, a casa di lei. Per un anno lui tenne in affitto il piccolo studio, ma piano piano, in maniera tanto naturale e graduale da sembrare ovvia, iniziò a passare sempre più tempo da Angela, a pranzare la domenica e le feste con lei e con la madre, fino a sentirsi davvero a casa solo in quel piccolo e curatissimo appartamento. Per lasciare lo studio aspettò però il divorzio con Valeria, nel maggio del 2027. Allora non poteva immaginare che quel matrimonio, contratto in chiesa e annullato dalla giustizia civile, sarebbe stato poi riabilitato dal potere ecclesiastico in virtù della sua indissolubilità agli occhi di Dio.

Davide e Angela dividevano gli angusti spazi del trilocale senza mai sentirsi troppo stretti, senza avere mai la necessità di stare un po' soli. Quando la madre di Angela propose di scambiare i due appartamenti per lasciare a loro gli ampi spazi dell'abitazione che aveva visto sua figlia crescere e in cui ormai lei, vecchia e malata, stava sola, entrambi rifiutarono. Nessuno dei due si sentì di motivare la decisione, ma la verità era che apprezzavano lo stare sempre vicini. Davide, la sera, steso sul divano a leggere o ad ascoltare musica, amava guardarla muoversi nella cucina a vista tra tegami e verdure da lavare.

Silenzioso la seguiva con lo sguardo mentre preparava il vassoio con la cena per sua madre e usciva dalla porta per portarglielo e farle compagnia mentre lei mangiava.

Adorava sentire i suoi passi nel pianerottolo e nel disimpegno mentre rientrava con i piatti vuoti e quell'accenno di stanchezza mista a preoccupazione sul viso che si scioglieva quando i loro sguardi si intercettavano.

Angela, a sua volta, adorava la spontaneità dei gesti quotidiani in quei pochi metri quadrati e aveva iniziato a nutrirsi del calore del corpo del suo uomo, ad amare i vecchi film guardati sul divano a due posti, sdraiandosi sopra di lui fino a fargli perdere la sensibilità di qualche arto. Solo allora entrambi si muovevano, come in una danza perfetta e sincronizzata e lui si sollevava per poi riappoggiarsi su di lei, sulle sue ginocchia o sul suo ventre. L'importanza di quei movimenti naturali, complici e istintivi riempivano il cuore della donna, placavano le sue irrequietudini e le davano una pace nuova, mai provata prima.

Amanti del cinema d'autore e dei ristoranti ricercati, condividevano anche l'amore per la musica elettronica. Il venerdì sera capitava che se ne andassero nei club e nei centri sociali a ballare fino a mattina.

Angela, con i suoi trent'anni, il suo look da studentessa e quell'aria sempre in lotta con il mondo e con le convenzioni, lo trascinava in mezzo a folle di ragazzi e ragazze alticci e fumati. Davide la guardava seguire il ritmo della musica, leggera e rapita, disinibita da un paio di cocktail e dal volume delle casse. Poi lei lo abbracciava incurante degli sguardi che li circondavano e lui si lasciava andare, tornava indietro nel tempo, agli anni degli studi, al Master in Inghilterra e ballava, assaporando la musica e il profumo dei capelli della sua donna.

Gli amici di Angela, quasi tutti uomini, erano per la maggior parte dei casi quello che Davide, prima di conoscerli, avrebbe definito una manica di fancazzisti cannati, troppo vecchi per pensare di fare i dj di professione.

Erano quasi tutti più vicini ai cinquant'anni che ai quaranta, estremamente gentili e con l'aria sempre un po' stupita. Amanti delle donne o degli uomini, a seconda delle inclinazioni personali, ma sempre molto appassionati al sesso. Davide, che era stato accolto come l'eroe riuscito nell'impresa di conquistare Angela e di farla sorridere e innamorare, presto imparò a godere di quella compagnia franca, semplice e schietta, fatta di battute dure sulla politica e sull'Italia, ma di assoluta e totale tolleranza verso le libertà personali.

Era una realtà nuova per lui: la sua vita precedente, il matrimonio, la durezza della sua famiglia e di quella dei suoceri sembravano appartenere a un'altra esistenza, a una diversa dimensione spaziotemporale.

Il sabato e la domenica mattina, indipendentemente dall'ora in cui erano rincasati, Angela si alzava molto presto per andare a portare la colazione alla madre e darle le prime medicine del giorno, poi però rientrava nel lettone e si riaddormentava stretta a lui.

Davide ascoltava il suo respiro diventare più pesante, il suo corpo abbandonarsi inerme e non poteva fare a meno di desiderarla, di toccarla, di costringerla a svegliarsi. In quel piccolo appartamento e in quella stanza entrambi avevano deciso di permettere l'ingresso solo al loro amore. Fuori c'erano i dispiaceri, gli impegni, i timori e il normale bisogno di apparire. Lì Davide si era abbandonato alla fisicità e sempre lì aveva costretto la sua donna a deporre le armi e a consegnarsi a lui. In una di quelle mattine, dopo averla strappata al sonno appena ritrovato, la provocò e poi, negandole il sesso, le offrì una gamba per strusciarcisi contro e la osservò masturbarsi, abbattendo l'ultima barriera che lo separava da lei.

Prima di conoscerlo Angela si era sempre sentita in lotta per capire quale fosse il suo posto nel mondo, per trovare un buon lavoro dopo la laurea, per affrontare la malattia della madre, per difendere i diritti dei più deboli, per tutelare il suo lavoro dagli attacchi dei conservatori cattolici, per non ammettere di avere paura della solitudine; ma quella domenica mattina, con accanto quell'uomo che le toglieva ogni giorno un pezzettino in più di armatura, sentì di poter dichiarare la fine delle ostilità e arrendersi a lui. Il suo castello aveva abbassato il ponte levatoio e lui era il benvenuto, perché in fondo lo aveva sempre aspettato.

Sì, la guerra era finita.

Ma fuori da quelle mura la storia correva veloce verso uno dei tanti baratri che l'uomo stesso stava progettando per il proprio genere. Il loro destino non avrebbe conosciuto solo la separazione, ma anche la paura.

Davide non avrebbe mai e poi mai dimenticato la telefonata che Angela gli fece un innevato primo pomeriggio di gennaio del 2029: telegrafica, con voce tremante, gli comunicò che la Guardia Papale aveva messo i sigilli al laboratorio e che lei e le sue colleghe sarebbero state portate via – non sapeva bene dove – per essere interrogate.

Le leggi di agosto del 2028 in realtà avevano già bloccato praticamente tutte le attività del centro sanitario e del suo piccolo ospedale collegato. La procreazione assistita e qualsiasi ricerca medica che non andasse nella direzione del naturale concepimento erano state vietate. Con mille difficoltà, studiando complicate scappatoie legali, la direttrice, la dottoressa Vallo Roberta, aveva tenuto funzionante la struttura e si era impegnata ad aiutare le coppie con metodologie il più naturali possibile. Aveva però continuato a praticare abusivamente la fecondazione in vitro, anche eterologa, e la diagnosi pre-impianto per i portatori di malattie geneticamente trasmissibili.

Davide per due giorni non ebbe notizie di Angela e fu impossibile ricevere informazioni anche rivolgendosi al commissario di zona in persona.

Le indiscrezioni su umiliazioni e perfino vere e proprie torture praticate, soprattutto sulle donne, per costringerle ad abbracciare la fede cattolica e rinunciare a quello che il potere ecclesiastico definiva il "falso credo della scienza" lo assalivano ovunque andasse: in autobus, al ristorante nei discorsi dei tavoli vicini e perfino al lavoro, dove abitualmente i colleghi non parlavano di politica.

Era terrorizzato all'idea di perderla, di non rivederla. Il pensiero che qualcuno le stesse facendo del male gli si conficcava come una spada dolorosa nelle viscere.

Quando finalmente lei lo chiamò per dirgli che era in taxi diretta a casa, Davide pianse. Pianse di un pianto incontrollato, con singhiozzi e tremori in tutto il corpo. Lei era la sua unica ragione di vita, lei era l'unica cosa davvero bella che gli fosse mai capitata.

Angela non parlò mai volentieri di quella notte e dell'interrogatorio.

Disse solo che doveva ringraziare la sua nonna paterna che, tragica e insopportabile come sempre, quando lei era nata aveva minacciato il suicidio per costringere i suoi genitori a battezzarla. E che ancora doveva ringraziarla per averla spinta ad andare al catechismo e a imparare i testi sacri e le preghiere. Quella vecchia megera, in quella lunga notte, le aveva salvato la vita: chi l'avrebbe mai detto. Il pensiero di correre a casa al più presto a ridere amaramente con sua madre di quella incredibile realtà l'aveva salvata dalla disperazione, e l'aveva tenuta presente a se stessa mentre uomini di chiesa misogini e senza scrupoli cercavano di umiliarla e di farla confondere.

Quando, scesa dal taxi, trovò Davide sconvolto e tremante davanti al suo portone, lo strinse tra le braccia, lo consolò e soprattutto capì. Sì, in quel momento comprese la verità. Anche se era dovuto tornare da Valeria, anche se non dormiva più nel suo letto, lui le apparteneva, e quello che li legava non sarebbe stato sopraffatto dall'oscurità dei tempi.

IX
Roberta Vallo: l'esorcismo

Davide, eccitato faceva scivolare le mani su di lei e la osservò rapito appoggiarsi al suo petto, sollevarsi e metterglisi sopra.

Eccolo ancora quel contrasto irresistibile di timidezza e forza, di insicurezza e disinibizione che lo aveva stregato. Si incantò a guardarla dritta sul suo corpo, appoggiata sulle ginocchia, con l'interno coscia in tensione e la voglia dipinta nei tratti del viso. Godettero disperatamente. Si amavano e si mancavano. Si desideravano e avevano il terrore di perdersi.

Dopo il sesso lei si sdraiò su di lui cercando di aderire perfettamente al suo corpo sudato. Mise le gambe esattamente su quelle di lui, distese le braccia a far combaciare i propri muscoli con quelli definiti del suo amore e appoggiò la testa tra la spalla e il collo di lui. Se qualcuno avesse voluto disegnare i loro corpi seguendone il confine avrebbe ottenuto una sola immagine, un'unica impronta.

Entrambi amavano quel gioco, quel modo di sparire l'una nell'altro. Davide attese qualche minuto prima di muoversi per liberare un braccio ed accarezzarle i capelli.

Da bambino aveva ricevuto pochissime coccole, e nella sua famiglia non aveva mai assistito a manifestazioni di affetto tra i genitori. Era stata Angela, abituata ad una fisicità aperta e accogliente nella casa paterna, a insegnargli la bellezza, la dolcezza e la pace che accompagnano una carezza. Così dopo aver fatto l'amore passavano anche ore a letto ad abbracciarsi, accarezzarsi, massaggiarsi e chiacchierare.

Angela si lasciò scivolare accanto a lui, appoggiò la schiena contro il suo fianco e gli si avvinghiò al braccio. Allora lui si voltò a sua volta sul lato e si arrotolò contro di lei, stingendola a sé.

Si lasciarono cullare ognuno dal corpo dell'altra, godendo della pace e del silenzio della campagna.

"Vuoi qualcosa da bere?" chiese Angela dopo un tempo indefinito.

"Sì, ma cavolo, non ho portato nulla!"

"Non ti preoccupare, ho messo nel frigo acqua, vino e un po' di insalata di riso. Poi stasera magari usciamo a cena o andiamo a prendere una pizza!"

Davide la baciò sul collo e si liberò con delicatezza dall'abbraccio per alzarsi. "Stai, prendo io l'acqua."

Seduto sul letto rimase un attimo pensieroso.

"Tutto ok?" chiese lei.

"Sì. Qui con te è davvero tutto perfetto" rispose lui facendosi forza sulle braccia per alzarsi.

Scelse un grissino dal sacchetto sopra al mobile del frigobar, lo addentò vorace e sfilò dalla confezione i due bicchieri di plastica. Li riempì entrambi di acqua fresca e ne passò uno ad Angela, che nel frattempo si era appoggiata con la schiena alla spalliera del letto.

"Hai voglia adesso di raccontarmi della visita che hai fatto alla tua ex capa?"

Mentre un'ombra di tristezza le calava sul viso, Angela lo invitò ad accomodarsi al suo fianco, poi cominciò sottovoce "Sono andata ad inizio settimana da Roberta e da Rita."

"Ma dimmi una cosa, Rita è la sua compagna? Tu e le colleghe la pensavate così!"

"Sì, credo proprio di sì, ma se non lo hanno mai reso pubblico in tempi normali, figurati ora! Poi dopo quello che le hanno fatto..."

"Già. Due anni di galera. Cosa ti ha raccontato?"

Nella storia della chiesa moderna, gli esorcismi e la loro pratica avevano avuto andamento alterno. A praticarli, prima dell'insediamento del Nuovo Stato Pontificio erano soprattutto prelati di piccole chiese isolate, cui i fedeli più disperati si rivolgevano quando la medicina tradizionale, quella alternativa e la psicologia si fossero arrese.

L'idea del Maligno, così come l'iconografia classica lo dipingeva, il suo agire in Terra e il suo influire sulle decisioni degli uomini era stata considerata da molti intellettuali cattolici del novecento una semplificazione antica e di stampo popolare. Almeno fino al discorso di Paolo VI, nel 1972. Con le parole "Attraverso qualche fessura il fumo del Diavolo è entrato nella Chiesa" il Papa ridiede dignità alla figura e alla potenza dell'angelo maledetto, mettendo in pratica fuori dalla cristianità coloro che non lo avessero riconosciuto come tale. Nel duemila la pratica degli esorcismi, per quanto ancora circoscritta e mal sopportata dalle alte gerarchie ecclesiastiche, ebbe un incremento.

Ne resta agli atti della Sacra Rota un numero considerevole praticato soprattutto su donne il cui disturbo non fosse stato debitamente diagnosticato come malattia di origine mentale. La causa era solitamente la diffidenza delle famiglie verso la psichiatria.

Con il papato di papa Francesco la figura di Satana riapparve timidamente nei suoi discorsi pubblici e in maniera massiccia sui social italiani con accuse addirittura nei suoi confronti. I cattolici più conservatori e integralisti accusavano infatti il Santo Padre di essere guidato dal Diavolo nella distruzione dei valori tradizionali.

Quando poi gli attentati terroristici iniziarono a seminare lutti e paura, l'idea di male si portò dietro anche il concetto del Maligno, cui attribuire atti tanto nefasti da apparire disumani. Quando questa semplificazione finì per monopolizzare i mezzi di informazione di massa, ecco che fu immediato ricondurre tutto all'eterna lotta tra bene e male, tra Dio e il Diavolo, tra religioni che agiscono nel nome dell'amore e altre che agiscono nel nome dell'odio.

Nel nuovo regime temporale, nato all'insegna della paura e dell'oscurantismo, le unioni omosessuali vennero definite un piano del Demonio, così come l'aborto e il divorzio, e molte furono le accuse di possessione. Gli esorcismi venivano richiesti dagli stessi tribunali ecclesiastici. Ancora una volta furono soprattutto le donne e gli uomini di scienza a venire additati come asserviti al maligno.

La Dottoressa Roberta Vallo venne arrestata insieme ad Angela, ma le accuse a suo carico erano molto più pesanti. Angela dovette "solo" dimostrare di essere cattolica praticante; in caso contrario avrebbe dovuto affrontare una cosiddetta conversione forzata. Pressioni, coercizione e isolamento erano i mezzi con cui le guardie papali riuscivano a far cedere moltissime persone, tra cui intellettuali laici, atei e scienziati di fama internazionale. Roberta non fu soltanto dichiarata nemica dello Stato Pontificio e di Dio, come avvenne per il Giudice De Rossi, ma fu accusata di omicidi multipli per aver attuato abusivamente pratiche abortiste, per aver congelato ovuli e spermatozoi, aver soppresso embrioni e aver effettuato procreazioni extracorporee.

Angela illustrava la controversa storia del rapporto tra la Chiesa italiana e l'idea stessa di male, concentrandosi sulla situazione della sua ex capa, con gli occhi bassi e un filo di voce.

Davide la interruppe schiarendosi la voce per dissimulare l'emozione: "Ma cosa c'entra Satana e, soprattutto, lei come sta ora?"

"Lei è evidentemente sotto psicofarmaci. Si sente stanca e ansima affaticata anche rimescolando un semplice caffè. Ma dietro allo sguardo un po' perso c'è ancora la mia direttrice, ne sono sicura. La donna direttiva, cui era impossibile dire di no anche quando ti chiedeva di mangiare qualcosa insieme per staccare un po' dal lavoro. È esclusivamente assopita. In fondo è a casa da soli quattro mesi. È stata rilasciata il giorno in cui è morta mia madre."

Davide la strinse a sé e cercò di distrarla da quel pensiero facendole proseguire il racconto. "Ma come mai con accuse tanto pesanti è riuscita a uscire? E non mi hai ancora spiegato cosa c'entri il Demonio."

Angela scosse la testa come a scacciare ricordi ingombranti e continuò la storia.

La vicenda della Dottoressa si scontrò con uno dei

grandi temi caldi per la Chiesa di quel periodo: la sua posizione sulla medicina alternativa ed energetica.

Roberta, arrestata e accusata per il suo relativismo ateo e per il suo lavoro in clinica, si trovava suo malgrado a incarnare tutti i pericoli che i teologi del regime attribuivano all'allopatia, dall'occultismo all'esoterismo.

Qualcuno, che evidentemente conosceva bene la storia della donna, denunciò alle guardie civiche volontarie il fatto che la madre di Roberta fosse una "guaritrice".

La Signora Vallo era una donna bellissima, solare, aperta e pronta ad offrire aiuto e appoggio al prossimo. Aveva approfondito la pratica della cristalloterapia, era pranoterapeuta e aveva sviluppato una spiritualità animata da grande fede in Dio e negli Angeli. Sosteneva di parlare con tali entità celesti per dispensare gratuitamente consigli alle persone in difficoltà.

Roberta per se stessa aveva scelto la via della scienza in opposizione alle credenze materne. Però nonostante i duri scontri dell'adolescenza, in cuor suo, aveva sempre giudicato l'attività della madre come un atto d'amore verso il genere umano.

Il tribunale ecclesiastico valutò che l'aver vissuto in un contesto spirituale in cui la guarigione non avveniva ad opera di Gesù Cristo avesse esposto l'imputata a pericoli satanici. I pranoterapeuti in quanto uomini si sostituiscono a Dio e sostengono di poter controllare l'energia guaritrice di cui hanno ricevuto dono. Nella fede cattolica Dio è l'unica guida per l'uomo e solo da lui dipende il debellare o meno la malattia.

La visione metafisica della madre di Roberta, derivante da filosofie pagane, spinse il giudice a richiedere al Vescovo il permesso di far vedere Roberta a un esorcista per valutare i suoi rapporti con il Maligno e con i suoi sicari.

"No, non ci credo!" sbottò Davide.

"Credici, credici. Il Vescovo allora ha chiesto prima una perizia psichiatrica per capire se Roberta fosse così ostile alla sacralità della vita e alla Chiesa per un problema mentale o se davvero una forza del male si fosse nascosta in lei. Agli atti si parla di un Demone muto! Ah dimenticavo, intanto il tempo passava e lei stava in prigione in isolamento: roba da far impazzire chiunque! Comunque, la perizia l'ha dichiarata sana di mente e capace di intendere e di volere."

Angela, con le guance arrossate, si strofinò le mani sugli occhi e cercando di ritrovare la calma, bevve un sorso d'acqua prima di proseguire.

Se la donna fosse stata dichiarata dal perito del tribunale affetta da una malattia psichiatrica sarebbe stata curata e rimandata a casa. Il certificato di piene capacità psichiche la indirizzò invece verso un cosiddetto esorcismo minore.

Fu allora condotta in una vecchia chiesa di un paesino isolato. Qui Don Pablo accolse Roberta terrorizzata e tremante. Mesi di isolamento l'avevano gravemente provata nella mente e nel corpo che si rifiutava di trattenere il cibo. Sul furgoncino delle guardie, la prigioniera si era convinta che quello sarebbe stato un viaggio senza ritorno e il terrore l'aveva paralizzata.

In realtà, a ripensarci a mente fredda, Roberta dovette ammettere che anche il prelato era spaventato dai sicari del Vescovo e che aveva cercato in tutti i modi di aiutarla. Ma lei era in preda a una crisi, il suo sistema nervoso era crollato. Il prete tentò di rassicurarla e la supplicò in un orecchio di calmarsi e di pregare con lui. Le chiese di dimenticare dove fosse, di immaginare il proprio corpo libero dalle corde che la tenevano legata alla sedia e di affidarsi a lui e al Signore. Dopo, con la benedizione di Cristo, avrebbe sicuramente trovato pace. Ma il panico aveva reso Roberta cieca e sorda, impedendole di arrendersi ai fatti. La sua disperazione fu interpretata come la prova della possessione.

In nome di Dio e contro il Male l'imputata fu allora ricondotta in isolamento in carcere.

Il tribunale ecclesiastico decise allora per un esorcismo vero e proprio per liberarla dalla possessione e per contrastare la vessazione del Maligno. Venne ufficializzato che un Demone muto doveva essersi impossessato di lei quando ancora era bambina. La sua attività al laboratorio, l'eccidio di ovuli, spermatozoi, il congelamento di embrioni e la procreazione in vitro di esseri umani senz'anima erano quindi da ricondurre a Satana. La potenza del demone avrebbe richiesto almeno cinque sedute con un abile esorcista e di conseguenza un altro anno in isolamento.

Angela raccontò ciò che la donna era riuscita a ricordare, nonostante la paura, la solitudine e la malnutrizione non le avessero permesso di rimanere sempre lucida e presente a se stessa.

Durante le sedute la Dottoressa veniva legata a una sedia, vestita di un camice bianco allacciato sul retro, senza nulla sotto. Dove il terrore non era riuscito ad arrivare, arrivò la vergogna, rendendo Roberta incapace di ragionare e di controllare le proprie reazioni. Il prete le incuteva un timore profondo mentre leggeva brani del Vangelo.

Roberta però, nel suo profondo, era ancora una donna di scienza e come tale il suo cervello era stato abituato ad analizzare e decidere, imponendo la parte razionale sull'emotività. Quando venne condotta alla quinta seduta, capì che se non fosse accaduto qualcosa avrebbero continuato a tenerla isolata e a tormentarla fino a farla impazzire veramente. Pensò a Rita, che sarebbe morta di dolore a vederla annullata, e pensò ai grandi maestri delle scienze del passato che, vessati e osteggiati, avevano avuto il coraggio di indagare e scoprire nel nome del sapere e della consapevolezza. Forse non avrebbe mai più esercitato, ma non era certo all'emotività e alla superstizione che avrebbe ceduto.

Aspettò che il prelato iniziasse a invocare Gesù e allora chiuse gli occhi, fece appello a tutta la forza d'animo che aveva ed emise un urlo, un rantolo, come il lamento di un muto. Poi si lasciò cadere all'indietro, svuotata e senza forze.

Riaprì gli occhi. Pensò ancora a Rita, immaginò di sorriderle e di accarezzarle il viso e chiese al prelato di poter pregare con lui.

Recitò tutte le preghiere che ricordava, che la madre con amore e fede immensa le aveva insegnato. Le dedicò a lei, alla sua bontà e disponibilità verso il prossimo.

Dieci giorni dopo, dopo essersi confessata e aver fatto la cresima, che da bambina si era rifiutata di fare, la Dottoressa Vallo venne condannata ai domiciliari per finire di scontare la pena.

"Tu pensi, amore, che lei abbia sconfitto con la ragione l'oscurantismo? Però in fondo ha dovuto cedere, rinnegare la propria vita di scienziata" chiese Davide.

"Non saprei. A vederla ora debole e vulnerabile diresti di sicuro che hanno vinto loro, ma poi penso che sono passati solo quattro mesi, che si riprenderà, che ha il suo amore che la accudisce e che forse un giorno potrà ricominciare a esercitare, magari in un'Italia di nuovo laica:

beh, allora penso che abbia vinto lei, che lei li abbia sconfitti."

Davide aprì le braccia e lei scivolò con tutto il corpo davanti a lui, si accomodò tra le sue gambe e appoggiò la schiena al suo ventre per farsi circondare e abbracciare il più forte possibile.

X
Angela e Davide: il futuro

Stretti uno all'altra i due amanti si erano assopiti, la musica era terminata e il vento che entrava dalla finestra faceva ondeggiare la grande tenda e il quadro appeso sopra al letto.

Uno sparo li svegliò all'improvviso.

La giornata di festeggiamenti e preghiera prevedeva infatti che, a partire dalle 14.30, un colpo di cannone a salve ogni ora avrebbe accompagnato l'attesa della Santa Messa delle 18.30.

Angela si sollevò perché l'aria divenuta fresca le impediva di riprendere sonno. Si stiracchiò e si alzò cercando di non disturbare Davide, che dopo lo spavento sembrava aver voglia di cedere nuovamente alla pigrizia. Si tolse il bustier e le calze e andò a farsi una doccia. Quando rientrò in camera avvolta in un telo da bagno bianco, lo trovò completamente sveglio, ancora nudo, sdraiato sul letto a pancia in su.

"Hai visto l'ora?" chiese sentendola entrare, ma senza sollevare la testa per guardarla.

"Perché, hai fame?"

"No. Ma siamo qui insieme da più di tre ore! Quando sono con te il tempo corre più veloce, ne sono sicuro."

"Sì, i nostri corpi a contatto modificano la rete spazio-temporale. Però questo significa che invecchiamo anche prima."

"Io chiedo solo di invecchiare con te" disse lui mettendosi seduto. "Voglio andare al giardinetto, sai quello tutto spelacchiato dietro al tuo condominio, quello con i piccioni malaticci? Bene, voglio passare lì le mie mattine abbracciato a te a dare da mangiare a quegli uccellacci pulciosi!"

"Che immagine romantica!"

"Non posso invecchiare senza di te" disse lui serio.

Angela lo guardò con un velo di tristezza e disse: "Non sarebbe meglio invecchiare in un posto di mare? In una bella casetta di legno in Spagna a pochi passi dalla spiaggia. Potremmo leggere, ascoltare musica e aspettare la domenica per portare i nipotini a fare il bagno!"

A quel pensiero la donna si strinse le mani sul grembo e abbassò lo sguardo.

L'idea di figli e famiglia riportò alla mente di Davide il corpo di Valeria in camicia da notte sul letto e il calendario con le date in rosso. Un'ansia cieca gli raffreddò il sangue.

Si concentrò per non riflettere, per non pensare a quando avrebbe dovuto essere il prossimo appuntamento o al perché non fosse ancora stato destinato ed evidenziato.

Angela, silenziosa, si liberò del telo bagnato e si infilò una lunga canotta bianca.

Apparecchiò con cura il tavolino, aprì la bottiglia di vino e preparò le due ciotole di riso che aveva cucinato a casa con amore.

Davide si alzò, si infilò un paio di pantaloni di cotone leggero, la baciò ringraziandola e si accomodò.

Quella relazione, divenuta clandestina all'improvviso dopo una convivenza e tanti progetti condivisi, passava spesso attraverso momenti di malinconia come quello.

Il matrimonio di Davide era un argomento doloroso per entrambi e il futuro era un'incognita troppo incerta per poter essere affrontata con serenità o anche solo con la voglia di fantasticarvi positivamente.

"Mi sento molto sola" disse Angela infrangendo il silenzio.

"Lo so, amore, lo so."

"Ma non è soltanto perché tu non ci sei. Sai, da quando mia madre è morta mi sembra di essere inutile. Prima correvo tra il lavoro, il medico per le ricette e lei. Negli ultimi tempi poi mi ero trasferita a dormire di là nel suo appartamento, perché la notte aveva bisogno. Ora, finito in ospedale, in quel maledetto laboratorio di analisi di cui non mi frega un cazzo, sono libera, libera di sentirmi a pezzi. Non ho nessuno da accudire, nessuno per cui cucinare, nessuno che mi aspetti. Ieri un deficiente mi ha quasi investita dietro una curva, e io ho solo pensato che se fossi morta lì nessuno sarebbe stato avvisato e tu l'avresti saputo chissà come e chissà dopo quanto tempo."

Davide posò la forchetta e allungò un braccio per toccarla, per cercare di consolarla e provò a dire: "Anch'io, sai, non ce la faccio più..." ma lei lo interruppe.

"Lo so. Ti giuro che non ti sto facendo alcuna colpa, che non penso neanche lontanamente che per te sia più facile. Però io temo di essermi persa, di non sapere più che senso ha la mia vita..."

Davide ebbe paura, ebbe davvero paura che lei si stesse

allontanando. Forse avrebbe dovuto lasciarla andare, forse era egoista e crudele tenerla legata in quella relazione, ma non sarebbe mai sopravvissuto senza di lei. Lei era la sua vita, lei era il suo lato buono, lei era l'unica ragione per cui la mattina si alzava dal letto e andava al lavoro.

Non avrebbe voluto chiedere nulla, ma doveva sapere, aveva bisogno di liberarsi da quel terrore che gli aveva attanagliato lo stomaco. Così tutto d'un fiato chiese "E io? E noi? Non era questo il senso?"

Lei lo guardò, non aveva capito, era così angosciata dalla recente perdita, dalla frustrazione del lavoro e dall'idea di dover svuotare e vendere la casa dei suoi genitori da non aver pensato alle possibili implicazioni di quelle parole. Solo quando gli occhi di lui si riempirono di lacrime per il suo silenzio si rese conto e si alzò per andare ad abbracciarlo. "Tu sei tutto. Tu sei il motivo per cui, nonostante tutto, non sono impazzita!"

Rimase per alcuni minuti china su di lui a stringerlo alle spalle, baciandogli il collo e le tempie e inspirando profondamente il suo odore.

Davide riprese fiato, gli sembrò che il cuore e i polmoni si fossero prima bloccati e poi avessero ricominciato a funzionare, a pompare ossigeno per tenerlo in vita.

Rassicurato da quel calore, immaginò il flusso sanguigno attraversargli il corpo dalle arterie principali fino al più piccolo capillare. Quando sentì la sicurezza della vita e del possesso si alzò, la prese in braccio e la buttò sul letto.

Si distese tra le sue gambe con il viso appoggiato al ventre di lei.

Non lo aveva mai visto così. Angela sentì tangibile per la prima volta la fragilità del suo amante, e sapere che l'unica debolezza che gli avesse mai visto era proprio il bisogno di lei la commosse.

Non poteva neanche ipotizzare di perderlo, lui era la sua pace, la fine della sua guerra, lui sarebbe stato il padre dei suoi figli. Avrebbe voluto in quei due giorni affrontare quell'argomento e tanti altri ancora, anche meno impegnativi.

Avrebbe voluto raccontargli che aveva avuto notizie dei conoscenti che se ne erano andati dall'Italia, che il suo amico, dj-Roger, era stato interrogato a lungo, ma alla fine era riuscito a convincere le guardie di non essere gay e soprattutto di non avere una relazione con il suo socio. Avrebbe voluto chiedergli di andare con lei a un party illegale per il solstizio d'estate per ballare nei boschi fino a mattina, come una volta. Però decise di non dire nulla di tutto ciò. Avrebbe solo tenuto stretto a sé il suo uomo per tutto il tempo che fossero rimasti al Casale e gli avrebbe ripetuto all'infinito che lo amava.

XI
VALERIA: IL CAMIONCINO DELLA SONOSALPINGO

Valeria guardò attraverso la finestra della grande casa che lei stessa aveva arredato, studiando ogni particolare, con gusto e classe. Davide salì in macchina e partì tanto in fretta da non darle il tempo di fare ciò che il cuore le suggeriva. Avrebbe desiderato sporgersi e urlare per costringerlo a voltarsi a prendere il bacio che lei gli avrebbe lanciato con la mano.

Sollevò le spalle e si strinse tra le sue stesse braccia. Il portacenere sul davanzale cercava di richiamarla all'unico vizio che si fosse mai concessa. Ma aveva smesso già da qualche tempo e aveva buttato anche i due pacchetti di emergenza che teneva in casa.

Chiuse gli occhi, respirò a fondo immaginando l'aroma del tabacco scivolare caldo attraverso la bocca e la gola, poi andò a prepararsi per quella giornata ricca di eventi e funzioni. I suoi sarebbero arrivati entro poco.

Valeria era la più grande di quattro sorelle. Il padre, rispettatissimo imprenditore nel ramo farmaceutico, aveva demandato alla moglie l'accudimento e l'educazione quotidiano delle figlie, ma aveva sempre dettato le regole. Nel rigido rispetto dei valori cattolici e nella nostalgica malinconia di un glorioso passato mussoliniano, le avrebbe volute aggraziate, eleganti, laureate in discipline umanistiche prima e ben maritate e madri devote, poi.

Quasi tutti gli obiettivi erano stati raggiunti. Tre delle sue splendide figlie si erano sposate appena finita l'università e gli avevano regalato nipoti meravigliosi e generi di ottima estrazione sociale. Tutto era sembrato naturale, perfino semplice.

Ma per Valeria no. Per lei tutto era difficile, complicato, irraggiungibile. Lei, la più grande, era stata l'ultima a sposarsi. Dopo anni in cui sembrava destinata a rimanere zitella aveva conosciuto Davide e, più che trentenne, si era finalmente sistemata. Certo, la famiglia di lui non apparteneva all'alta società, ma era pur sempre un bravo ragazzo, laureato e, se Dio avesse voluto, destinato a fare carriera.

Poi però c'erano stati la separazione e il divorzio.

Solo il nuovo regime cattolico aveva permesso la restaurazione della famiglia. La speranza aveva potuto riaccendersi, ma i nipoti ancora si facevano attendere, nonostante l'orologio biologico della promogenita si avvicinasse pericolosamente alla fine della sua corsa.

Valeria dal canto suo aveva amato Davide dal primo momento che lo aveva conosciuto, al matrimonio di una lontana cugina. Da quando poi lo stato cattolico glielo aveva restituito, lei aveva accantonato per sempre i vecchi rancori, le discussioni e le incomprensioni. Si era separata sfidando il volere dei genitori e quello di Dio, ma alla fine Lui aveva deciso nuovamente della sua vita. Quel ventre vuoto e inutile poteva ancora sperare di farla diventare madre e cancellare il grande errore del divorzio.

Nel 2030, dopo due anni dal rinnovato patto matrimoniale, arrivò il cosiddetto "camioncino della sonosalpingo" e lei fu l'unica donna del quartiere a non urlare e non tentare la fuga.

Il camioncino altro non era che un laboratorio mobile, attrezzato per fare alle donne, mogli da più di due anni, che ancora non avessero concepito il primogenito, i test clinici di fecondità. Tra tutti i prelievi ed esami il più invasivo era proprio la particolare ecografia transvaginale che aveva poi dato il nome al camper.

Le donne che si fossero rifiutate venivano condannate a subire coercitivamente tutti i test. La prigione era stata la pena per coloro che avevano espresso pubblicamente il proprio dissenso all'iniziativa.

Molte manifestazioni spontanee erano nate per opporsi alla crudeltà e all'aggressione del corpo femminile, ma soprattutto al vecchio pregiudizio che l'infertilità fosse una colpa femminile. Il protocollo prevedeva, infatti, che lo spermiogramma fosse imposto al marito soltanto dopo che tutte le verifiche e gli esami più dolorosi e umilianti inflitti alla moglie avessero, eventualmente, dato esito negativo.

Nel caso di infertilità accertata della coppia scattava la procedura di adozione.

Quella mattina, mentre il panico aveva accompagnato l'arrivo del laboratorio mobile e un gran vociare si propagava nel quartiere, Valeria si prese giusto il tempo per una doccia ultrarapida. Scelse un abito comodo e uscì serenamente per l'insolito day hospital in camper. Si lasciò forare, toccare e visitare senza esitazioni. Distesa sul lettino con le gambe piegate, attese che la dottoressa perlustrasse il suo utero con la telecamera e guardasse le immagini tridimensionali che si componevano nell'etere. Quando le venne annunciata l'immissione di aria per la tanto temuta sonosalpingografia, Valeria disse solo "Sono pronta".

Un ulteriore tubicino legato ad una piccola pompa le fu infilato in vagina.

Valeria osservava la plastica opaca e trasparente entrare nel suo corpo e si sorprese a riflettere, senza paura e senza imbarazzo. La vagina e l'apparato riproduttivo servivano appunto a riprodursi e in caso di difficoltà potevano ospitare strumenti medici atti a identificare eventuali disfunzioni. Come si poteva immaginare di provare piacere ospitando dentro di sè qualsivoglia cosa, compreso un sesso maschile?

Una mattina al lavoro, dopo aver sequestrato il tablet ai suoi studenti, intenti a guardare un film porno in 3D nascosti in un angolo del cortile, si era rintanata in aula. Sola, prima della fine della ricreazione, aveva osservato sconvolta quelle attrici dai seni enormi e dal trucco osceno contorcersi in amplessi rumorosi e ostentati. Per molte notti a seguire si era interrogata se si potesse effettevimante ricavare un tale piacere dall'attività sessuale o se si trattasse di finzione a uso e consumo del maschio.

In quel momento, immobilizzata a quel lettino ginecologico, legata ai polsi, alle caviglie e al busto, fu sicura che nessuna donna potesse trarre tanto godimento da un'intrusione così intima nel luogo più delicato e sacro del proprio corpo.

L'aria la invase dall'utero alle tube, arrampicandosi dolorosamente in anfratti del corpo che sembravano voler esplodere. Ne poteva seguire il percorso nell'immagine che si componeva tridimensionale grazie al computer dell'operatore. Pensò che magari un giorno lì nell'etere si sarebbe composta la proiezione del figlio che Dio le avesse concesso. Avrebbe visto le manine, i piedini e il cuore battere.

Ebbe nostalgia di Davide, forse avrebbe potuto farlo chiamare o forse era meglio di no. Si sarebbe sicuramente arrabbiato: sul lavoro non voleva essere disturbato. In fondo era solo un esame.

Il dolore iniziò ad aumentare, fino a diventare atroce. Provò a muoversi per contrastare le contrazioni involontarie, ma le grosse cinghie la trattenevano impedendole di trovare una posizione alternativa.

Sapeva dai racconti che circolavano in parrocchia che era inutile chiedere pietà o lamentarsi, così si morse un labbro.

Si concentrò sul suo desiderio di sapere, di verificare una volta per tutte se avesse senso continuare a cercare una gravidanza. In caso contrario voleva subito un bambino da adottare. Lo avrebbe amato e ne avrebbe fatto un uomo o una donna felice, di solidi principi etici e morali e poi un giorno avrebbe fatto la nonna.

Il pensiero di non dover più affrontare notti di sesso le rese più sopportabile la sensazione di esplosione che le squarciava le viscere.

Quando la dottoressa estrasse i suoi strumenti dall'intimità di Valeria, lei si alzò, si vestì e uscì. Quattro passi oltre i gradini del laboratorio ambulante svenne in un bagno di sudore.

Appena ripresa conoscenza Valeria si trovò nuovamente all'interno del camper, adagiata su una poltrona ospedaliera con le gambe sollevate. Una pinza attaccata a un dito monitorava la saturazione dell'ossigeno e la frequenza del suo polso dopo lo shock provocatole dal dolore patito.

A fianco a lei, dietro una tenda, una donna veniva sottoposta a una procedura di apertura di ostruzione delle tube. La sedazione parziale rendeva trascinata la parola, ma non impediva alla paziente di lamentarsi disperatamente. Chiedeva di sospendere il trattamento. Valeria si concentrò su uno dei volantini affissi alla parete. Immaginò di dover insegnare ai suoi allievi a ridisegnare altrettando minuziosamente il camioncino raffigurato.

Oltre la tenda la donna aveva freddo e chiedeva di venire coperta. Valeria, allora, mentre il ritmo delle sue pulsazioni accelerava, sottilineato dal bip del pulsiossimetro agganciato alla mano, cercò serenità afferrando la Bibbia appoggiata sul piccolo tavolino al suo fianco.

Quando le richieste oltre la tenda separatrice diventarono suppliche, Valeria si tolse la pinza e corse a casa, respirando a pieni polmoni per impedire di perdere nuovamente i sensi.

Dopo un mese arrivò il verdetto che tanto aveva atteso.

Il responso di tutti gli esami fatti sul suo corpo e l'analisi del seme di Davide li decretò assolutamente fertili, condannandola in pratica a continuare a provare secondo natura. Unico aiuto concesso un piccolo computer per prevedere e identificare il periodo propizio per il concepimento. Valeria lo ripose con cura accanto a quello che lei stessa aveva comprato quando Davide era rientrato a casa.

Li utilizzava entrambi per aiutare le vie del Signore con una buona dose di scienza empirica.

XII
Andrea e Roger: la loro storia d'amore

Ad aprile del 2028 Andrea non sembrava più lo stesso ragazzo di buona famiglia appena laureato che era entrato in una fredda mattina di soli quattro mesi prima in negozio per fare un colloquio.

Aveva ormai archiviato i pantaloni con la piega e le camicie ben stirate. Indossava sempre jeans e felpe o, nella stagione fredda, maglioni di lana sportivi sulla pelle nuda. Sul viso portava i segni delle nottate passate per locali ad aiutare Roger e a bere e fumare.

Dopo una lunga e animata discussione con il capo sulla difficoltà o meno di creare tracce di musica elettronica rispetto alla composizione di musica classica, Andrea aveva passato alcune notti insonni a cercare di dimostrare quanto fosse "stupido ed elementare mettere insieme suoni e campioni con il computer".

Quel venerdì mattina si presentò al lavoro puntuale ma con la barba lunga, due profonde occhiaie nere, e senza nemmeno salutare scaricò sul pc della contabilità la sua creazione. Aspettò che Roger fosse seduto comodo alla scrivania con il solito caffè e brioche, poi mandò il brano sull'impianto del negozio.

Era un pezzo da ballare, perfetto per ragazzetti strafatti che vogliono sfogare droghe e ormoni, ma c'era anche qualcos'altro nascosto con abilità tra le trame ritmiche e i campioni. C'erano dei tocchi malinconici di pianoforte che sembravano la premonizione di una futura sventura, di un ineluttabile destino avverso. Roger smise di mangiare, chiuse gli occhi e ascoltò con la testa tra le mani, fino all'ultima nota.

Quando la musica finì sollevò il viso e guardò Andrea che lo fissava in piedi, in attesa di un giudizio, di un verdetto, ma lui domandò solo: "È stato facile?"

"Per niente. Sono diventato matto. Ma mi ha appassionato tantissimo, è stato emozionante!"

Avrebbe voluto chiedere se gli fosse piaciuto, ma lo sguardo di Roger tradiva qualcosa di più: ammirazione. Così decise di nutrirsene senza forzare la mano.

Che si fosse innamorato era una verità evidente a se stesso e ai frequentatori abituali del negozio, ma capire quello che il suo capo provava per lui era difficile. Lo osservava spesso, seguiva i suoi movimenti con lo sguardo e lo invitava alla maggior parte delle serate in cui suonava. Certo, lui andava per aiutarlo, e Roger gli riconosceva un extra per il tempo impiegato, ma era evidente che il motivo non fosse solo professionale.

Sebbene i due stessero bene insieme, si capissero e godessero ognuno della complicità dell'altro, Roger lo trattava sempre come un ragazzo. Lo spingeva a farsi esperienze, a conoscere gente, gli presentava i suoi amici e le sue amiche, ma non aveva mai ridotto quella distanza invisibile che si era creata tra loro, tipica di un buon rapporto capo-dipendente.

Roger si alzò, andò al computer, lo spense e collegò all'impianto un vecchio giradischi, pulì con attenzione un vinile, lo posizionò sul piatto e con mano lieve vi appoggiò la puntina.

Era un vecchissimo album di Björk.

Aspettò che la voce partisse, poi si avvicinò ad Andrea e lo abbracciò.

Cercò il suo sguardo e infine lo baciò appassionatamente.

Erano mesi che lo studiava, che aspettava il momento giusto per lanciarsi sulla preda, per prendersi ciò che aveva desiderato fin dal momento in cui lo aveva conosciuto. Aveva tessuto la sua tela di silenzi, di rispettosa indifferenza, confidenze misurate e finalizzate a conquistarlo, e finalmente stava portando a termine la sua missione.

Però, quando si trovarono stretti in quell'abbraccio, dj Roger capì: non c'era preda e tantomeno predatore. Il sentimento che lo legava al giovane era qualcosa di vero e profondo, di cui non avrebbe più potuto fare a meno.

Dalla porta entrò un cliente. Andrea cercò di staccarsi dalla presa e soffocare l'emozione, ma Roger glielo impedì. Si prese tutto il tempo per sorridergli e stringerlo ancora a sè, poi si voltò verso il ragazzo dalla cresta blu che sfogliava i vinili e disse "Ciao, benvenuto. Se hai bisogno chiedi pure!"

Roger aveva vissuto troppo e si era guadagnato la propria serenità dopo troppe battaglie, troppi dolori e delusioni per poter anche solo immaginare di nascondersi, di assecondare quella che lui stesso definiva la più codarda di tutte le paure: l'omofobia.

Da quel giorno la loro relazione non ebbe dubbi, nessuna esitazione.

Nei mesi a seguire, preso il potere, il Nuovo Stato Pontificio iniziò a piantare radici allungando i propri tentacoli su tutte le libertà personali e ad applicare nuove leggi che trasformarono l'avversione e la discriminazione verso gli omosessuali in persecuzione vera e propria.

Andrea e Roger vivevano in un contesto privilegiato, frequentavano per lo più artisti e musicisti, che come fantasmi cercavano di ricavarsi negli spazi della notte e in locali abusivi una parvenza di normalità. Quando Roger chiese ad Andrea di andare a vivere con lui nel suo appartamento sopra il negozio, lui rifiutò. Aveva paura, e gli avvenimenti futuri gli avrebbero dato ragione.

XIII
Andrè & Roger: il rave party

Nonostante la situazione dell'Italia, quelli furono anni felici. Almeno fino al novembre del 2030.

Era stato organizzato un rave in un capannone abbandonato nella campagna del ferrarese. Erano arrivati dj da tutta Europa e si aspettavano moltissimi amanti della musica elettronica. La location era segreta e per motivi di sicurezza sarebbe stata diffusa solo all'ultimo momento via fax.

Andrea e Roger già da un paio d'anni avevano iniziato a esibirsi in coppia mixando brani noti, ma anche molti pezzi autoprodotti. In Francia e in Germania, dove riuscivano a far arrivare la loro musica grazie a furtive collaborazioni con artisti locali, il duo Andrè & Roger era divenuto famoso. Il fatto che fossero costretti a comporre in anonimato e a esibirsi in patria in feste illegali non aveva fatto che aumentare il fascino e l'attrattiva nei confronti del loro progetto.

Nello stivale, la censura in ambito musicale aveva fatto avvicinare alla musica elettronica moltissimi ragazzi esasperati dal pop di ispirazione religiosa, e aveva amplificato a dismisura la richiesta di party illegali in cui sfogare frustrazioni, vizi e sballo.

Gli organizzatori avevano lavorato un mese per cercare di insonorizzare il più possibile la vecchia struttura in prefabbricato, ricordo lontano della ormai esaurita realtà produttiva del Paese. Era stato costruito un grande palco e montato un impianto acustico di altissimo livello.

Le prime macchine iniziavano a occupare lo spiazzo adibito a parcheggio scelto, nonostante il fango e le buche, perché lontano dalla strada principale.

Roger rullava una canna appoggiato a uno sgabello nel retropalco, in una specie di camerino improvvisato con tre vecchie porte in legno dismesse e una tenda. Andrea lo guardava dal basso, seduto a terra con una gamba distesa e l'altra piegata davanti a sé.

"Sei emozionato?" chiese Roger litigando con la cartina lunga e il filtro di cartoncino.

"Sì, perché tu no?"

"A dire il vero mi preoccupano di più tutti questi personaggi venuti dall'estero per suonare. Ma vuoi che non abbiano dato nell'occhio alle dogane? Speriamo bene!"

"Andrà tutto bene, vedrai" disse Andrea, più per cercare di convincere se stesso che per rassicurare il compagno. "È la prima volta che suono davanti a così tanta gente, non verranno a rompere proprio stasera!"

Roger capì di aver alimentato le paure più profonde del compagno, che già di suo viveva le nuove leggi, le notizie degli arresti e la minaccia di delazione con una paura folle che cresceva di giorno in giorno. Leccò la superfice della canna, la accese, e dopo essersi assicurato che non si sarebbe subito spenta la passò al compagno, invitandolo ad avvicinarsi. Andrea allungò il braccio per prendere da fumare, poi si lasciò scivolare sul pavimento fino a trovarsi tra le gambe dell'amato. Fece passare il braccio destro sotto le ginocchia di Roger e avvinghiandosi appoggiò la testa a lui. Inspirava il fumo in profondità e ascoltava la mente rilassarsi per la cannabis e i muscoli sciogliersi sotto la mano di Roger appoggiata al suo collo.

Rimasero così a ripassare la scaletta, fumare e ricercare la giusta concentrazione per quasi un'ora, finché un ragazzino sovrappeso e tutto trafelato si affacciò alla tenda e urlò, come se fosse stato lontanissimo da loro: "È tutto pieno! È ora di aprire la serata! Tocca a voi!"

In piedi sul palco, dietro la consolle, Andrea e Roger rimasero senza fiato. L'hangar era stipato di ragazzi e ragazze che li acclamavano a mani alzate. I fasci di luci attraversavano la folla che compariva e scompariva come un mare sotto il faro notturno. Indossarono le cuffie: il tempo di uno sguardo veloce poi Andrea appoggiò le mani alla tastiera, Roger fece partire giradischi e computer e la musica ebbe inizio.

Due ore ininterrotte di spettacolo con la marea umana che si muoveva al ritmo dei loro pezzi, in un unico tripudio alla vita. Almeno così visse Roger quella sera, e così aveva sempre pensato quel mestiere. Il pubblico, sia in piccoli club che in grandi eventi, è lì per divertirsi, per abbandonarsi al potere irrazionale e magico della musica, e chi sta dietro la consolle è l'unico in grado di sciogliere le briglie che incatenano tutti alla quotidianità e alle responsabilità. Se il dj entra in empatia con il pubblico, ognuno troverà la propria momentanea libertà e lascerà che corpo e mente seguano il ritmo, senza pensieri, senza preoccupazioni.

Quel senso di piacere libero, così vicino al sesso, senza limiti e senza preconcetti, in unione tra corpo e mente, era il vero pericolo che il potere restauratore identificava nella cosiddetta musica moderna. I primi a essere colpiti furono i cantautori impegnati italiani, perché la forza delle parole è dirompente e immediata, ma tutta la musica era una minaccia alla visione repressiva dei moralizzatori cattolici.

Il pop religioso aveva invaso le radio e i locali destinati alle esibizioni dal vivo. I testi monotematici di amori casti e puri, cantati su armonie orecchiabili ed elementari, erano la sola concessione del regime all'intrattenimento musicale.

Sguardi complici scambiati durante una funzione religiosa o infantili apprezzamenti sulla bellezza femminile o ancora crudeli ironie sui difetti fisici di giovanissime donne erano le tematiche più utilizzate dai nuovi menestrelli del regime.

Ma la vita vera continuava a scorrere, e i giovani sentivano più che mai il desiderio di goderne a pieno e di sperimentare amori, passioni carnali e delusioni. La forza del rock, la propensione all'evasione della musica elettronica e la struggente disperazione del soul, erano il tentativo più irrazionale di giovani e adulti di non allontanarsi dalla propria natura.

I party illegali fondevano il bisogno delle nuove generazioni di sentirsi liberi dall'oppressione con l'attrazione verso il proibito e la disinibizione. Una nottata di musica, condivisione e abbandono rappresentava un potente anestetico all'oscurantismo e un segreto prezioso da custodire e accarezzare col pensiero per sopravvivere al quotidiano.

Dopo aver suonato l'ultimo brano, Roger e Andrea, tolte le cuffie, andarono sul bordo del palco e commossi si inchinarono al pubblico e ringraziarono per uno dei momenti più emozionanti della loro vita.

Nel backstage incrociarono il dj olandese che si apprestava a uscire per suonare e raggiunsero gli organizzatori per iniziare una lunga notte di festeggiamenti.

Dopo un altro paio di artisti, a notte fonda, Roger sentiva gli effetti dei numerosi coca e rum. Con l'ennesimo drink in mano guardava Andrea chiacchierare con alcuni colleghi. Portava ancora sul viso il rossore che l'emozione dell'esibizione gli aveva regalato. Roger lo osservava ripensando allo spettacolo, quando l'ambiente iniziò a vibrare leggermente. In un primo momento diede la colpa all'alcool, ma poi notò che tutto l'impianto luci aveva dei problemi e che anche le casse facevano uno strano ronzio di sottofondo. Il sangue istintivamente gli si ghiacciò nelle vene, senza sapere il motivo e senza alcuna ragione apparente. Si avvicinò al suo compagno e lo prese per un braccio trascinandolo con sé, nonostante le rimostranze del ragazzo.

"Ma sei pazzo? Sei ubriaco? Stavo parlando!"

"Aspetta Andrea, aspetta." Lo sguardo di Roger gli fece cambiare subito umore e lo convinse ad ascoltare. "C'è qualcosa che non va, forse nella centralina elettrica cui siamo agganciati. Ti prego, per una volta, per una volta in vita tua, fai quello che ti dico senza obiezioni."

"Ma..." azzardò Andrea, subito interrotto. "Senza obiezioni, ho detto! Ti prego."

"Ok" rispose il ragazzo mentre sentiva una irrazionale paura conquistargli i pensieri.

"Esci dalla porticina qui sul retro e corri ad aprire da fuori tutte le uscite di sicurezza. Sono vecchie, ho controllato io stesso, si aprono verso l'esterno e non sono bloccate. Spalancale e poi vattene nel bosco dietro il capannone e non ti muovere per nessun motivo al mondo!"

"E tu?"

"Voglio capire cosa cazzo sta succedendo. Se è tutto ok avremo giusto fatto sentire un po' di techno alle volpi... altrimenti... ora va', veloce." Lo attirò a sé, gli diede un bacio sulla bocca e lo spinse verso l'uscita. Lo guardò varcare la porta e dopo si affacciò sul palco per vedere le porte laterali che una a una venivano spalancate nell'indifferenza del pubblico che ballava.

Uno dei vecchi organizzatori lo avvicinò.

"Scusa Livio, scusa sono stato io a far aprire i portelloni. Ho paura. Se arriva la polizia siamo tanti topi in gabbia. Scusa."

"No, no. Per fortuna! È arrivato ora un sms della vedetta in strada. Ci sono delle camionette nere anonime che stanno arrivando."

"Cazzo!" disse Roger assicurandosi nuovamente che tutte le porte del capannone fossero aperte, poi fece un silenzioso sospiro di sollievo al pensiero di Andrea al sicuro nel bosco.

Livio lo prese per un braccio e gli gridò "Faccio fermare la musica!" Un fioco e distante rumore di sirene si udì provenire dall'esterno. Era appena percettibile sotto il sound, ma terrificante. Prima che riuscissero a prendere una decisione, qualcuno fece un cenno al dj che si stava esibendo. Quello in gran velocità si strappò le cuffie e scappò dal retropalco, passando per la porta da cui era uscito Andrea.

La musica cessò e il capannone venne invaso dai segnali acustici intermittenti delle guardie.

Roger corse a guardare e vide la massa informe di ragazzi muoversi in tutte le direzioni e scontrarsi come impazzita. In un balzo salì in piedi sulla consolle, prese il microfono e urlò “Fermiiiii, aspettate!” Gli parve di essere muto e trasparente, ma non si arrese e provò ad indicare per ogni settore l'uscita più vicina. Poi aiutò a salire sul palco i ragazzi in prima fila che venivano schiacciati dalla folla. Li tirava su a due mani con forza e li indirizzava verso il retro perché potessero raggiungere la via di fuga. All'improvviso l'aria si saturò di gas lacrimogeni: quando le guardie entrarono in massa, munite di maschere antigas e armate di manganelli, molti giovani erano già a terra calpestati e contusi.

Roger si tolse la maglia, se la legò davanti alla bocca e continuò a trarre in salvo persone di cui sentiva solo le mani tra le sue. Avvertiva tutto il peso nelle braccia, ma non vedeva più i visi.

L'hangar era un enorme campo di battaglia, o meglio di mattanza. Gli agenti picchiavano senza pietà ragazzi e ragazze inermi, molti dei quali già feriti, e si accanivano su quelli a terra.

Roger iniziò a tremare mentre l'aria faticava a entrargli nei polmoni. Si inginocchiò annaspando alla ricerca di ossigeno. Qualcosa lo colpì alla schiena. Il dolore atroce lo fece cadere disteso mentre molti altri colpi lo raggiunsero alle gambe, alle braccia e alla pancia. Si arrotolò per cercare di proteggere gli organi vitali e la testa.

Pensò ad Andrea, sicuro che non lo avrebbe rivisto, sicuro di non sopravvivere.

Perse i sensi.

Quando si svegliò, le luci dell'impianto erano state rimpiazzate dalla vecchia illuminazione al neon del capannone. Aveva un occhio gonfio e non riusciva ad aprirlo, mentre dall'altro vedeva tutto appannato. Aveva dolore ovunque e non poteva alzarsi, ma non riusciva neanche a stare fermo per patire il meno possibile. Le gambe si muovevano da sole in spasmi involontari che lo scuotevano come scosse elettriche. Era sdraiato là dove si era dovuto inginocchiare per respirare. Dall'alto del palco, col viso appoggiato al legno e la visuale annebbiata, osservò una fila di ragazze in piedi, con le mani appoggiate al muro. Lottavano contro il dolore dei colpi ricevuti e la stanchezza, costrette a reggersi scalze in punta di piedi. Se cadevano venivano prese a calci alla schiena e al ventre, poi fatte rialzare a forza. Un agente percorreva la fila, dedicandosi a una di loro per volta. Faceva scorrere il manganello lungo l'interno delle gambe tremanti e saliva piano fino all'inguine. Lo sfregava contro il sedere e il pube della ragazza, incurante delle suppliche di cui Roger non riusciva a distinguere le parole, ma sentiva il lamento disperato. Lo strumento di punizione accarezzava poi il fianco della prigioniera, fino a scivolare sui seni, per disegnarne il confine e poi premerne le rotondità. L'uomo non passava alla vittima successiva finchè la ragazza non avesse leccato la punta del manganello e non avesse annuito alla domanda urlata dall'aguzzino: "Sei una grandissima troia destinata a bruciare all'inferno?". Allora la guardia capovolgeva lo sfollagente e cercava di infilarne a forza il lato più stretto nella bocca della donna arpionandola per i capelli. A quel punto la lasciava andare e si faceva il segno della croce chiedendo a Dio di perdonare la peccatrice.

Altre giovani guardie si chinavano sui corpi stesi a terra, alcuni immobili e altri scossi come Roger da contrazioni incontrollate.

Facevano la cernita di chi dovesse andare in ospedale e chi in questura.

Prima che qualcuno decidesse del suo destino, svenne nuovamente.

Nonostante due costole fratturate, numerose ecchimosi e l'occhio malmesso, Roger fu prima interrogato, poi mandato in prigione per un mese. Andrea riuscì a trovare un ottimo avvocato e a farlo scarcerare. Il prezzo da pagare era una multa molto salata, ma era libero.

Da quella terribile esperienza, tutto cambiò all'improvviso. Roger e Andrea avevano vissuto isolati dall'Italia neomedioevale che si era andata istaurando: fu come scoprirla per la prima volta, all'improvviso.

La notizia di un rave illegale in cui molti giovani traviati da Satana e dalla sua musica erano rimasti gravemente feriti – due avevano addirittura perso la vita – era su tutti i giornali e sulla bocca della gente.

Se le forze dell'ordine non avessero aperto tutte le porte di sicurezza sarebbero morti in molti e molti di più, sostenevano i numerosi articoli.

I pochi giornalisti che avevano cercato di intervistare i partecipanti e gli organizzatori della festa per raccontare dei pestaggi e delle torture erano stati censurati e a loro volta arrestati.

In seguito alle denunce dei dj e dei molti giovani stranieri intervenuti all'evento, la corte di Strasburgo condannò – come già era accaduto quasi trent'anni prima alla Repubblica italiana – il Nuovo Stato Pontificio d'Italia per aver violato l'articolo 3 della Convenzione Europea dei Diritti Umani sul divieto di tortura e trattamenti disumani o degradanti. Nella sentenza di condanna si sottolineava l'augurio che l'ordinamento giuridico papale italiano si munisse urgentemente degli strumenti giuridici adatti a sanzionare in modo adeguato i responsabili di atti di tortura o di altri maltrattamenti. Ma nella pratica non venne applicata alcuna sanzione.

Le foto e le generalità degli artisti che si erano esibiti e degli organizzatori erano state rese pubbliche da tutte le testate giornalistiche e dai telegiornali locali e nazionali. Roger si trovò così, suo malgrado, a essere indicato per strada e insultato dai sostenitori della restaurazione.

I vicini di casa e i clienti occasionali del negozio iniziarono a spiare lui e Andrea, rendendo la minaccia di delazione sempre più concreta. L'avvocato era stato molto chiaro: dovevano evitare assolutamente una denuncia per omosessualità.

Roger faticava a riprendersi sia fisicamente che psicologicamente. Era diventato silenzioso, voleva stare sempre solo e scendeva di malavoglia in negozio. Non ascoltava più musica e passava sul divano giorni e notti guardando il soffitto.

Andrea si occupava di tutto: gestiva il negozio e ne curava con estrema perizia la contabilità per iniziare a pagare le prime rate dell'ammenda, cucinava per Roger e gli teneva in ordine l'appartamento. Gli lasciava la cena servita, poi scappava a casa sua perché i vicini non si insospettissero sulla natura della loro frequentazione. Rispettava il dolore del compagno e non chiedeva nulla. Lo adorava, lo amava e gli era debitore per avergli salvato la vita. Avrebbe aspettato una carezza o un bacio anche per anni.

A volte, salendo all'improvviso, lo sorprendeva in un pianto disperato, sudato e sconvolto.

Allora si sedeva accanto a lui e gli teneva la testa in grembo. Gli raccontava dei clienti, dei vinili venduti e di tutti gli amici che erano venuti per vederlo e salutarlo.

Una sera gli raccontò anche di quella sua amica così bella, Angela, la biologa, che gli aveva lasciato l'indirizzo di una specie di albergo dove avrebbero potuto stare tranquilli e fare l'amore in mezzo alla pace della campagna.

A marzo in una bella domenica di sole Andrea lo costrinse a lavarsi, vestirsi e andare con lui al Casale dell'amore.

Fu la prima volta che entrarono in quella che sarebbe diventata, una volta a settimana, la loro stanza fissa: la camera verde.

Si sentirono subito a proprio agio e Andrea, liberatosi di scarpe e calze, si buttò sul letto mentre Roger apriva la finestra e si accendeva una sigaretta

"Mi manchi" disse Andrea.

"Sono qui."

"Hai capito benissimo! Ti aspetterò tutto il tempo che sarà necessario, ma sappi che mi mancano le tue mani piantate nella pelle e mi manca il nostro sesso." Lo disse tutto d'un fiato; in fondo lo aveva pensato milioni di volte, ma si stupì lui stesso di aver trovato la forza di dirlo.

Roger sorrise, come non faceva da una vita. Spense la Marlboro, si voltò, si gettò sul letto e arpionò i capelli di Andrea. Lo baciò e gli morse un labbro, continuando a stringerlo a sé. Nonostante il dolore e il sapore del sangue che gli invadeva la bocca, Andrea non pensò neanche un istante di scappare da quella presa che per lui era tutto: era il dolce dell'amore, il respiro del suo amante e il dolore che li aveva travolti. Accolse la violenza di quell'approccio come un dono, come un nuovo risveglio.

Allora Roger lo fece suo, con brutalità e disperazione, per abbattere l'abisso che lo aveva per tanto tempo intrappolato.

La dolcezza degli amplessi passati era sparita, perché la vita era diventata amara e la frustrazione trovava soluzione solo tra le lenzuola. Andrea scoprì in quel nuovo approccio un'inedita condivisione, lo sfogo al suo bisogno di appartenere al suo compagno e Roger ritrovò, nel profumo e nel corpo della persona che più amava al mondo, la ragione di vita che credeva di aver perso.

Il primo colpo di cannone fece sobbalzare i due amanti abbracciati.

Sicuramente i festeggiamenti per i tre anni del Nuovo Stato Pontificio si preparavano a raggiungere il culmine: in tutto lo stivale i fedeli avrebbero accolto con commozione i colpi sparati.

Al Casale dell'amore dopo l'esplosione nulla cambiò, nulla si mosse, nessuna preghiera si alzò nell'aria.

"A cosa pensi?" chiese Andrea appoggiando le proprie braccia a quelle possenti che lo cingevano.

"Pensavo a come sono stato bravo a convincerli settimana scorsa che non sono un frocio."

"Frocio? Loro hanno usato la parola *frocio*?"

"No loro dicono sodomita" rispose Roger stringendolo a sé.

"Ecco mi sembra più carino, meno offensivo. Ha anche fascino, sa da peccatore antico!" disse Andrea sorridendo.

"Già. Pensa se mi vedessero ora. Gli verrebbe un infarto."

"Per me una buona parte di loro si ecciterebbe da matti" disse Andrea "comunque, in quelle quattro ore in cui ti hanno trattenuto in questura ho pensato di morire. Ho rivissuto il terrore del periodo in cui sei stato in prigione."

"Lo so e mi dispiace tantissimo. Io ero preoccupato per te, ma ti giuro che non ho avuto paura. È strano, ma dopo tutto quello che è successo me ne stavo lì con la faccia tosta di chi non ha niente da nascondere. Volevo essere così convincente da evitare che poi interrogassero anche te. Gli ho perfino detto che faccio il dj perché amo tutte le donne e che mia moglie, tanti anni fa, piangeva sempre perché la riempivo di corna. A proposito, c'è una cosa su cui ho sorvolato."

"Dimmi."

"Hanno chiamato Laura."

"La tua ex moglie?"

"Sì."

"Allora?" chiese Andrea con un filo di apprensione nella voce.

"È sempre stata una donna intelligente, sensibile e veloce a comprendere inganni e trappole. Ha capito in un secondo e si è finta scandalizzata, quasi offesa che loro ipotizzassero che lei fosse stata sposata con un pervertito. Sì, ha proprio detto *pervertito*! La donna che mi ha accompagnato alla scoperta della mia vera natura ha detto *pervertito*. Ha aggiunto che non aveva più avuto relazioni da allora perché io ero stato il suo grande amore, l'unico. Poi ha concluso che per lei, cattolica, il vincolo del nostro amore era indissolubile, ma che aveva compreso la mia decisione di lasciarla, sebbene fosse morta di dolore sapendo di essere sterile. Mi ha davvero commosso! Le devo la vita."

"Diciamo che forse qualcosa è vero."

"No guarda che lei è credente, ma non condivide assolutamente nulla del pensiero medievale di questa casta al potere. Pensa a una donna impegnata come lei che effetto possa fare l'idea che il matrimonio sia indissolubile, ma che l'uomo possa ripudiare la moglie se non gli dà dei figli!"

"Non lo metto in dubbio. Non mi riferivo a quello" disse Andrea voltandosi e guardandolo fisso negli occhi.

"Ancora! Ti assicuro che non mi ama più."

"Sarà!"

Andrea si lasciò stringere e lì nascosto tra le braccia del suo compagno pensò che forse le cose sarebbero andate meglio. Forse il futuro non era completamente buio.

XIV
L'ANNUNCIO

Dopo il primo colpo di cannone, alle 15.30 fu sparato il secondo, poi il terzo e il quarto. Era quasi ora dell'ultimo, il più importante, quello che cadeva all'ora dell'attentato di San Pietro e che avrebbe introdotto la messa della sera e la parata di stato, quando accadde qualcosa di inaspettato.

Sara, sdraiata sul letto con indosso una vecchia t-shirt di Matteo, leggeva un romanzo e addentava l'ultimo boccone del panino che Aida le aveva preparato per pranzo. Lo aveva consumato poco a poco combattendo con il mal di stomaco. Si allungò per appoggiare il piatto di plastica sulla scrivania quando il fax si azionò, inghiottì un foglio e lo risputò con un messaggio scritto a mano.

Sara lo prese tra le dita con apprensione e prima di leggerlo lo scorse veloce per vedere la firma: era di Celeste.

Sara tra poco spero di poterti telefonare senza paura
di intercettazioni
ma sta succedendo qualcosa
Mi hanno convocata

Sono al tribunale ecclesiastico
I colleghi, convocati anche loro, parlano di un'amnistia
Ho dato questo foglio a Marina perché te lo inviasse
Stanno per chiamarmi a colloquio
Capisco tutto e ti chiamo
Preghiamo!
Celeste

Sara lo rilesse più volte come incapace di mettere in ordine i pensieri, di razionalizzare quel messaggio. Pensò cose tanto assurde quanto inutili, come – *Celeste dice sempre di pregare. Lei è una vera cattolica, fedele al messaggio originale di Cristo* – oppure – *Amnistia e indulto. A scuola avevo studiato la differenza ma non me la ricordo. Oggi mi boccerebbero* – e ancora – *Chissà quanto avrà corso Marina dal tribunale allo studio con quel foglio in mano.*

Nel profondo aveva ben chiaro cosa quella comunicazione significasse, ma era terrorizzata dall'idea di illudersi. Il suo cervello cercava di proteggerla tenendola occupata finché Celeste non l'avesse chiamata o non le avesse scritto.

Prese il cellulare, se lo appoggiò sulla pancia, chiuse gli occhi e abbandonò la testa all'indietro sul cuscino che aveva posizionato dietro la schiena.

Mille immagini si componevano e si disgregavano nella nebbia della paura.

La prima volta che aveva visto Matteo, le sue mani sul suo corpo, scatti fotografici di cosce, seni e occhi femminili. La sera in cui aveva tenuto tra le braccia il figlio di Aida, con la polvere che copriva i superstiti e i feriti sotto le luci di emergenza a intermittenza. Le donne a lutto per strada e poi ancora i resti della macchina con cui i suoi genitori avevano avuto il mortale incidente, suo nonno che le ricopriva il viso di schiuma da barba e la mano di sua madre che la accarezzava da bambina.

La vita si può racchiudere in una decina di momenti importanti, pensò, *e molti di questi sono lutti e dispiaceri. La fotografia è come la mente umana, cattura istanti che così si guadagnano la possibilità di esistere anche al di fuori del contesto, oltre il tempo e lo spazio.*

Si assopì.

Un tremore sul ventre la fece trasalire.

"Pronto" disse timorosa.

"Sara, cara sono uscita ora. Dio mio, non ci credo, non so come dirtelo..."

"Dimmelo e basta!"

"Lo liberano Sara, lo liberano..."

Celeste continuava a parlare ma lei non poteva sentire, un pianto incontrollato la faceva tremare e singhiozzare. Il cuore le batteva all'impazzata e i polmoni cercavano di prendere più ossigeno di quanto ne avrebbero mai potuto contenere.

Le ci vollero alcuni minuti per riprendersi e per riuscire a parlare nuovamente con l'avvocato.

Quando finalmente fu in grado di dialogare, si fece spiegare tutto nei minimi dettagli.

Di lì a poco, prima della Santa Messa, il Papa avrebbe dato l'annuncio ufficiale dell'amnistia: i detenuti imprigionati per motivi religiosi, politici e morali sarebbero stati liberati, ma non solo. Tutti i cittadini che avessero voluto lasciare il Paese avrebbero potuto farlo. Le dogane sarebbero state aperte e ci sarebbe stato libero transito fino all'alba della mattina successiva.

Celeste disse inoltre a Sara che si stava recando al carcere per dei documenti e sperava di uscire da lì entro qualche ora con Matteo.

Se avessero voluto se ne sarebbero potuti andare, ma dovevano sapere che avrebbero potuto prelevare dalla banca solo quanto concesso dal limite giornaliero, il resto sarebbe rimasto agli istituti di credito.

I grossi gruppi bancari avevano infatti ottenuto il permesso di continuare a operare in Italia dopo il 2028, ma per non fare concorrenza alla principale banca vaticana, il Nuovo Ior, avevano dovuto accettare di sottostare a regole nazionali spesso in contrasto con le direttive europee.

Sara voleva scappare, voleva abbracciare Matteo e con lui salire sul primo volo.

Lo disse a Celeste e le chiese di chiamarla appena fosse stato possibile, così lei avrebbe potuto raggiungerla. Non riuscì a dire che li avrebbe raggiunti entrambi perché ancora temeva di illudersi, temeva che qualcosa all'ultimo minuto sarebbe potuto andare male.

Il quinto colpo di cannone venne sparato e Sara si collegò alla rete con il cellulare per assistere in diretta alla Santa Messa.

Ascoltò a fatica, sotto il rumore martellante del suo cuore, il giornalista che raccontava dei preparativi e intervistava i fedeli in attesa.

Il Santo Padre si affacciò da San Pietro, salutò il popolo italiano, poi parlò dell'amnistia e dell'apertura delle dogane. Lo disse chiaro e inequivocabile.

Sara si alzò di scatto. Buttò tutte le sue cose e i suoi abiti nella borsa, si vestì e si precipitò fuori.

In cortile iniziavano a radunarsi gli ospiti del casale che erano stati sicuramente avvisati da amici e parenti e che come lei avevano assistito allo storico annuncio.

Li guardò velocemente e fece un cenno ad Angela di aspettarla lì, che sarebbe arrivata subito.

Suonò alla porta di Aida e la trovò dietro la porta emozionata e in lacrime.

"Volevo venire da te, ma mi tremano le gambe. Non ci credo, tesoro, non ci credo. Sono felice."

Sara la abbracciò e la strinse più forte che poteva.

"Sediamoci un attimo, mi gira la testa" disse Aida.

Le due donne si accomodarono anche se Sara faticava a stare ferma: la sua mente lavorava, progettava, organizzava e non riusciva a togliersi l'immagine di lei e il suo uomo che si imbarcavano su un volo. Aveva paura a porsi la domanda più ovvia, la più importante.

Il cellulare le squillò. Era di nuovo Celeste. *Ecco, è successo qualcosa*, pensò, *lo sapevo.*

"Pronto."

"Sara, scusa la fretta e la poca sensibilità, ma sto guidando e devo prima passare dall'ufficio e poi andare da Matteo. L'ho sentito al telefono, mi ha chiamata... ci sei?"

"Sì."

"Sta bene, mi ha chiesto se tu sapevi e se mi avevi detto qualcosa. Gli ho risposto che tu vorresti andartene via da qui con lui e lui ha detto solo ok. Sara, mi mancherete ma è giusto così, che Dio vi protegga. Adesso scappo, ti chiamiamo dopo."

E riagganciò.

Ok, ha detto ok... ok ha detto ok... ok, ha detto ok....

Sara se lo ripeteva come una preghiera. Il suo amore stava tornando, il suo equilibrio e la sua intera vita sarebbero stati di nuovo completi. Lui aveva già ricominciato a sostenerla e a darle quella forza che da sola pensava di non avere. In quel modo così veloce e convulso avevano appena condiviso la loro scelta più importante. La risposta che tanto bramava era arrivata.

"Aida, amica mia, noi ce ne andiamo dall'Italia."

"Lo sapevo, ed è per questo che non avevo il coraggio di raggiungerti" disse la donna nascondendosi il volto con le mani.

"Vieni con noi!"

"No, Sara, non verrò. Qui ho disperso le ceneri del mio bambino, qui ho trovato chi ha ancora bisogno delle mie cure e del mio amore e qui resterò."

"Sei sicura?"

"Sì. In Italia ho amici, una vita nuova e affetti inaspettati. Non ho un altro posto dove andare e troppo da lasciare. Se vorrai venderò per te tutto e troverò il modo di farti avere i soldi!"

"Assolutamente no. Questo posto rimarrà il Casale dell'amore, come noi lo abbiamo concepito. Tu te ne occuperai, e se mai un giorno io tornerò, in un'Italia laica e libera, ci vivremo insieme come fece la mia famiglia. Tu sei la mia famiglia."

Aida si alzò e buttò le braccia al collo dell'amica.

Solo in quell'istante le due donne si accorsero di Ivan, in piedi dietro lo stipite della porta. Aida allungò un braccio nella sua direzione e lui si avvicinò accogliendo il discreto invito. La fissava commosso, aspettò di trovarsi difronte a lei e poi si lasciò stringere dolcemente, abbattendo le ultime resistenze che aveva con cura costruito in una vita di abbandoni.

Sara li osservò emozionata, poi sussurrando per non rovinare quella preziosa intimità disse: "Aida, ho bisogno del tuo aiuto."

"Tutto quello che vuoi."

"Ho bisogno che tu prenda il mio bancomat e quello di Matteo, che ho custodito in questi anni, e che tu vada a prelevare per noi. Tra poco i distributori saranno presi d'assalto."

"Dammi i codici e io prendo la bici e volo."

"Ti accompagno" disse Ivan.

Sara consegnò tutto all'amica e mentre loro uscivano scese la stretta scala in legno per andare in cantina.

Aprì il lucchetto con la grande chiave che portava sempre con sé e accese la luce. Aveva ammassato lì tutti gli oggetti ai quali non era riuscita a rinunciare quando aveva lasciato l'appartamento ad Aida, tra cui molti preziosi ricordi. Riconobbe lo scatolone con il vecchio corredo mai usato della sua nonna e la collezione di bicchierini di vetro di sua madre. Restò in piedi a guardare soprammobili, libri e album di foto. La sua infanzia e la vita della sua famiglia, vissuta e tramandata nei racconti, le si materializzò intorno come un film proiettato su uno schermo circolare. Lei al centro faceva scorrere lo sguardo su quelle scena di vita, di gioia, ma anche di lutti e di addii. Si concentrò per memorizzare tutto, per portare con sé ogni particolare, ogni viso e soprattutto l'amore che non le avevano mai fatto mancare.

Poi fece un respiro profondo e aprì lo sportello più basso di un vecchissimo mobile a muro in legno.

Estrasse una pila di riviste, soffiò via parte del pesante strato di polvere, poi la appoggiò a terra e tirò verso di sé il telo nero che ricopriva il retro dell'interno della scansia. Un buco nel legno lasciava accessibile una piccola cassaforte incassata nella parete. Infilò la testa e, facendosi luce con l'orologio interattivo, digitò la combinazione.

La porta blindata si aprì e Sara estrasse una busta imbottita, piena.

Rimise tutto a posto e salì al piano terra giusto in tempo per aprire la porta ad Aida e Ivan che suonavano.

"Come avete fatto a impiegare così poco tempo?"

"C'era una fila assurda, ma io ho detto che il prelievo era per la proprietaria del Casale e tutti, dico tutti, mi hanno fatto passare! E tu cosa fai con tutte quelle ragnatele in testa?"

"Vieni dentro Aida, chiudi gli scuri e siediti" rispose sfregandosi le mani tra i capelli.

Non aveva mai sentito Sara con un tono tanto direttivo, così, mentre Ivan si occupava di portare le biciclette nel capanno esterno, lei obbedì senza chiedere nulla.

Quando si trovarono una di fronte all'altra, Sara si appoggiò al tavolo ed estrasse con cura il contenuto della busta. Erano una decina di piccoli blister in plastica avvolti in della velina e altrettanti pieghevoli di cartoncino plastificato.

"Mia madre era gemmologa, faceva la buyer di pietre preziose e negli anni aveva investito tutti i suoi risparmi e parte di quelli di papà in questi. Mia nonna non li ha mai venduti e li ha tenuti per me. Questo è il momento di usarli."

"Cosa sono?" chiese Aida allungandosi per vederli sotto la luce.

"Sono diamanti certificati e sigillati. Dovrebbero essere di caratura e caratteristiche giuste per essere venduti agilmente. Questo è per te" disse Sara allungando alla donna uno dei blister e il suo certificato.

Aida spostò la velina fermata da un pezzo di scotch e vide il brillante accendersi di infiniti scintillii, sotto la plastica trasparente di protezione.

"Non posso, davvero, grazie, non mi serve. Io vivo più

che bene con i proventi del Casale e le mie lezioni private."

"I diamanti non servono per quando le cose vanno bene, ma per quando vanno male, mia mamma lo diceva sempre. Se e quando avrai bisogno lo potrai monetizzare."

Aida fissava il tavolo senza trovare la forza di dire nulla, così Sara riprese: "Ti prego, accetta!"

"Ok. Grazie, grazie infinite! Ma se andrà tutto bene quando potrete tornare te lo renderò, quanto è vero Allah."

Aida si asciugò le lacrime che non volevano smettere di scenderle lungo le guance, inspirò profondamente, baciò tre volte Sara, si mise in tasca il diamante e disse: "Amica mia, è tardi. Ti aiuto a prendere le tue cose e andiamo fuori per vedere come ti puoi organizzare per la partenza. I tuoi amici ti aspettano e Matteo anche."

Prima di andare Sara mostrò all'amica tutti i documenti del casale che teneva lì nell'appartamento di Aida, ma di cui si era occupata sempre personalmente.

Quando uscirono in giardino Angela chiamò Sara correndole incontro.

"Allora, Sara, liberano Matteo? È così?"

"Sì" rispose Sara lasciandosi stringere dall'amica che le si buttò addosso con impeto.

"Sono felice, non sai quanto. Cosa farete?"

"Noi ce ne vogliamo andare, e tu? E Davide?"

Angela rispose sottovoce mentre si avvicinavano al gruppo che le aspettava: "Davide è tutto serio da un po'. Ha fatto un paio di telefonate e non ha ancora detto nulla."

Sara venne immediatamente circondata dagli amici che volevano sapere di Matteo e condividere la sua gioia.

Davide prese Angela per un braccio: “Possiamo parlare un attimo?”

La donna si lasciò trascinare in un angolo isolato del cortile.

Aveva paura, aveva una paura folle di qualsiasi cosa lui volesse dirle. Sentiva la nausea salirle fino in gola e avrebbe voluto solo non dover ascoltare. Avrebbe voluto non dover affrontare quella giornata e soprattutto quella conversazione. Quello che aveva prima dell’annuncio del Papa era comunque meglio che ritrovarsi di lì a pochi secondi a non avere più nulla. Era sicura che nelle parole del suo amore ci sarebbe stata la svolta che avrebbe deciso della loro vita in un senso o nell’altro.

“Angela ascoltami. Ma stai bene? Sei pallida.”

“Ho la nausea, ho paura.”

Davide la baciò poi la guardò fissa negli occhi e continuò: “Ascoltami, amore mio. Ci ho pensato tanto e tanto e non solo oggi, ma da molto tempo. Spero che tu non mi giudicherai per questo…”. Angela si sentì morire, ma doveva sorridere, se era vero che lo amava doveva desiderare il meglio per lui. Non era certo per pietà o per dovere che lo avrebbe tenuto con sé.

“…Verrò meno a degli impegni, la lascerò sola con i miei suoceri, ma io voglio solo te, io amo solo te. Tu sei la mia vita. Vuoi scappare con me? Angela, vuoi essere la mia famiglia?”

La nausea le diede respiro e il cuore fece una serie di battiti in più, ne fu sicura. Così tutto d’un fiato, come un segreto custodito a fatica e troppo a lungo, disse: “Sì. Ne saremmo orgogliosi, io e tuo figlio saremo per sempre la tua famiglia.”

Davide impiegò un attimo a capire, poi si lasciò cadere

sulle ginocchia. Appoggiò la testa al ventre della donna e la strinse a sé. Parlava veloce, confuso, ma tanto lei non ascoltava. L'ultimissimo atto della sua personale guerra contro il mondo si era appena concluso e la fuga le parve la più bella delle vittorie.

Davide le spiegava di un conto all'estero presso una banca per cui faceva consulenza. La tranquillizzava, ripeteva che tutto sarebbe andato per il meglio, ma lei non aveva bisogno di garanzie perché era assolutamente sicura che ogni cosa sarebbe stata perfetta, ovunque e comunque.

Davide lì a terra, con il viso contro l'ombelico di Angela, accarezzò la felicità. Ma mentre una parte della sua mente rifletteva sulla fortuna di essersi giusto in tempo organizzato per portare il grosso dei risparmi all'estero e su come Valeria, con quello che lui aveva sul conto italiano, avrebbe potuto estinguere il mutuo, un cortocircuito bloccò i suoi pensieri. Un'immagine lo sorprese. Quanto era stupido! Come aveva fatto a non capire? La prossima data sul calendario di casa non era stata ancora evidenziata in rosso perché anche Valeria era incinta. Ricordò le sue parole sulla notizia da condividere coi genitori e rabbrividì.

Forse semplicemente non aveva voluto capire. Per la prima volta non odiò Valeria, ma provò una tenerezza infinita. Avrebbe voluto chiederle scusa per come l'aveva trattata e soprattutto avrebbe voluto provare a spiegarle ciò che nessuno dovrebbe mai dover spiegare.

Si alzò, abbracciò Angela e lei con gli occhi lucidi disse: "Ti amo."

"Anch'io ti amo."

Mentre si incamminavano verso Sara e gli altri, Davide prese il cellulare dalla tasca, digitò veloce camminando

"Perdonami" e lo inviò alla donna che non aveva mai amato.

Roger guardò l'amica che gli si era appena avvicinata e le chiese nell'orecchio: "Gliel'hai detto?"

"Sì amico mio, gliel'ho detto! Ce ne andiamo, oggi ce ne andiamo!" rispose Angela.

"Sono felice, sono davvero felice. Te lo meriti! La tua mamma sarà contenta da lassù!"

Angela si lasciò sfuggire ancora una lacrima, poi strofinandosi il naso chiese: "E voi? Che fate?"

Roger alzò un braccio e Andrea ci si infilò sotto. "Noi restiamo. Abbiamo combattuto per avere ciò che abbiamo. Il negozio, la nostra musica e la possibilità di frequentarci, anche se non liberamente." Per cercare di stemperare la tensione diede un lieve bacio sulla bocca al compagno e aggiunse: "Poi bambina, se partiamo tutti, sai come si alza la media di teste di cazzo in questo paese?". Angela sorrise amaramente e li strinse a sé.

Era stato difficile per entrambi arrivare a quella conclusione, ma nessuno dei due voleva arrendersi. Erano stati concordi nel valutare la fuga come una resa.

Andrea guardò Roger che continuava a chiacchierare con la loro amica e ripensò agli avvenimenti che li avevano travolti come un fiume in piena: pensò che quelle stesse onde li avevano restituiti al mondo più consapevoli, più sicuri del loro amore e desiderosi di continuare a vivere a testa alta.

La strada era ancora in salita per loro, soprattutto per Roger che più di tutti aveva sofferto, ma l'avrebbero percorsa insieme. Se un giorno qualcosa fosse cambiato, loro sarebbero stati in Italia per sostenere la rinascita.

Intanto Davide cercava invano di convincere Faruk a partire con loro. La moglie, avvolta nei colorati abiti tradizionali, stava un passo dietro a loro, ma a lui sembrò di sentire chiaro nell'aria il suo appoggio alle parole profonde del marito. "Amico mio. Mio unico vero amico italiano, so che tu vuoi il nostro bene, ma noi resteremo qui. Qui ci sono i nostri impegni economici, il nostro lavoro. Poi le nostre figlie sono italiane. Dove dovrei portarle? A me mancava un posto dove pregare in pace il mio Dio e dove coltivare le nostre usanze, e qui in questa campagna meravigliosa l'ho trovato. Noi continueremo a venire al Casale da Aida e questo mi basta. Io ho lasciato la povertà e nel tuo Paese ho trovato, per quanto difficile, una vita nuova."

Davide abbracciò l'uomo che, emozionato, aggiunse: "Però io voglio fare qualcosa per voi. Vi accompagnerò tutti con il mio scuolabus, prima a Bologna, se avete bisogno, poi in aeroporto o dove vorrete."

"Grazie, amico mio."

Faruk andò subito a parlare con Sara. Lei ascoltò poi in piedi su un tronco d'albero urlò: "Chi vuole partire, deve passare da Bologna e ha bisogno di un passaggio, lo dica. Faruk ci accompagna!"

Mentre tutti cercavano di organizzarsi, Sara si avvicinò ad Aida e abbassando il tono della voce disse: "Abbi cura della mia macchina! Quando avrà diciott'anni regalala ad Ivan e abbi cura di te."

"Certo, e tu abbraccia forte Matteo per me e siate felici."

"Un'ultima cosa, Aida. Tu mi hai mai perdonata per quella foto?"

"Mia sciocca e amata amica, io non ti ho perdonata perché non c'era nulla da perdonare. Con quello scatto Allah mi ha fatto conoscere te e tu mi hai dato una nuova vita. Io e mio figlio siamo grati a Dio e a te."

Le due donne si strinsero e si promisero che quello non era un addio.

Faruk prese il pulmino e aspettò che Angela, Davide, Sara e un'altra coppia di ospiti dell'albergo salissero.

Stava per partire tra lacrime e saluti, quando dal vialetto arrivò una bici che gli andò quasi addosso.

Era Clara, con i suoi capelli rossi al vento e la faccia paonazza e sudata. Urlava allarmata.

"Capa, capa, sta arrivando una macchina dell'esercito, viene proprio qui!"

Sara scese immediatamente e guardò terrorizzata l'auto che sbucava nello sterrato privato alle spalle di Clara. Andava ad alta velocità e inchiodò girandosi leggermente su se stessa.

Il silenzio era calato immobile sull'intero cortile.

La portiera si aprì e Luca, il giovane militare, scese lanciando il cappello.

"Sara, te ne vai? Vengo con te!"

Tutti tirarono un sospiro di sollievo.

Luca, Clara e Sara presero posto sullo scuolabus e Faruk poté finalmente partire.

All'altezza di Medicina Sara ricevette un messaggio da Celeste.

L'ho lasciato a casa tua
Matteo ti aspetta nel tuo appartamento a Bologna
Buona fortuna

Roger e Andrea li guardarono partire mentre intorno a loro altri ospiti si salutavano e alcune macchine partivano, mentre altre restavano.

Quando il bus giallo fu lontano, si presero per mano e rientrando nel casale salutarono Aida augurandole buona cena.

Lei ricambiò, elegante e cordiale come sempre, poi chiamò Ivan che se ne stava seduto nell'utilitaria di Sara a motore spento, con le mani sul volante.

“Vieni dentro che cucino! Manca ancora molto a quando la potrai guidare e comunque prima dovrai andare bene a scuola.”

Ivan scese, guardò sognante la sua futura automobile e seguì la donna in casa, nella loro casa.

La città era intasata di traffico e i militari stavano ai lati delle strade immobili, senza chiedere i documenti.

Quando lo scuolabus si fermò sotto casa di Sara, lei, incapace di compiere un pensiero completo, dovette sforzarsi per riuscire a respirare normalmente e per non soccombere all'emozione. Scese con un salto ed entrò nel portone. Salì le scale due gradini per volta e senza prendere fiato aprì la porta del suo appartamento.

Entrò e se lo trovò di fronte. Si doveva essere appena fatto la doccia, era scalzo e nudo con un asciugamano legato intorno alla vita. Era dimagrito e aveva l'aria di essere appena uscito da un incubo. La guardò con quel sorriso che le era mancato più di ogni altra cosa al mondo.

“Bentornata a casa” disse.

“No! Bentornato a te amo...” e non riuscì a finire la

parola perché un singhiozzo le bloccò la gola. Allora tremante prese la rincorsa e gli saltò addosso. Matteo la prese al volo e si lasciò stringere tra le braccia e le gambe di lei. Le teneva le mani sulle cosce e quel contatto con la sua pelle nuda lo fece rabbrividire.

Era debole e sentì la fatica impedirgli di sostenerla ancora, così la appoggiò al mobiletto dell'ingresso e iniziò ad accarezzarla con passione. Faceva scorrere le mani sulle gambe e sui fianchi sotto il vestito e intanto la baciava sulla bocca, sul viso e sul collo. Lo faceva con foga, con tutta la foga di chi quel momento lo aveva sognato e desiderato troppo a lungo.

Sara riuscì a smettere di tremare e mise le mani sulle braccia pelose di lui. Dio, come amava quel tocco! Dio, quanto lo aveva sognato! Poi si concentrò e disse: "Amore mio. Aspetta. Avremo tutta la vita per questo, ma adesso è tardi. Gli altri ci aspettano giù. Prepariamo i bagagli e andiamo."

Matteo faticò a staccarsi da lei, ma quando lo fece con aria seria chiese: "Sara, sei sicura di voler scappare? Non sarà facile. Senza lavoro, senza soldi. Siamo ancora in tempo."

Sara infilò una mano nella borsa che teneva a tracolla e gli mostrò la blister di un diamante dicendo: "Ne ho altri".

Matteo le schiacciò le guance e le baciò le labbra rosee, trasformate in un fiore da quella stretta.

"Ho preparato i miei bagagli e impostato i tuoi. Facciamo presto. Intanto che tu finisci io mi vesto."

Mentre la corriera gialla percorreva la tangenziale sotto la guida sicura di Faruk, Sara scattò alcune foto all'autista e ai suoi compagni di viaggio. Di lì a pochi minuti avrebbero preso destinazioni diverse, ma quello che avevano condiviso li avrebbe legati per sempre.

EPILOGO
Cinque anni dopo

Sara e Matteo si sono ricostruiti una vita negli Stati Uniti.

La notte dell'undici maggio del 2031 si erano imbarcati su un volo per il Belgio.

A Bruxelles avevano trovato un aeroporto blindato, diviso in settori e due sentieri paralleli divisi da una barriera di plexiglass opaco, uno per gli uomini e uno per le donne, così da aggiungere agli innumerevoli controlli postazioni dedicate ad accurate perquisizioni. Sara, nuda di fronte alla poliziotta, aveva chiuso gli occhi mentre la donna ispezionava i suoi vestiti e le sue scarpe. Matteo, ancora provato dalla lunga detenzione, si era spogliato lottando contro l'ansia e le immagini dell'isolamento e degli interrogatori. Finalmente all'aria aperta, avevano scoperto una città impaurita, sebbene – grazie alle prolungate norme di sicurezza – il numero degli attentati stesse diminuendo. Una quantità incredibile di profughi vagava e viveva lungo i viali, nelle piazze e intorno ai monumenti, osservando le famiglie belghe blindate in ristoranti, caffè e luoghi di lavoro.

Nei giorni a seguire erano andati ad Anversa. Il cosiddetto quartiere dei diamanti, sede delle due più importanti borse-diamante, dei laboratori internazionali e degli uffici dei buyer, era stato da anni circondato da un muro in cemento protetto giorno e notte. Dopo aver chiesto il permesso per l'accesso e averlo ritirato al checkpoint, si erano recati nell'ufficio degli eredi del vecchio ebreo, dove la madre di Sara comprava i diamanti per molti produttori italiani di gioielli, e dove aveva con cura selezionato i diamanti che lei stessa chiamava "l'assicurazione della famiglia sulla vita". Lì avevano venduto i loro nove brillanti, e si erano accordati per farsi mandare i soldi in California.

Oggi vivono a San Francisco e hanno una bimba di due anni.

Gli Stati Uniti hanno visto negli ultimi vent'anni il fallimento di tutti i tentativi di ridimensionare il possesso delle armi per i cittadini. Così, pur non essendo stati interessati direttamente dal fenomeno degli attentati islamisti, se non per sporadici emulatori, la violenza è aumentata vertiginosamente e con essa l'instabilità sociale e il numero di morti per arma da fuoco. Matteo lavora come Giudice Federale e Sara fa la fotografa agli sfarzosi matrimoni degli immigrati italiani. Ha anche ripreso a fare scatti erotici. Alcune riviste specializzate hanno recensito con grande favore una sua piccola mostra personale. Magari un giorno potrà vivere di foto artistiche, ma sarebbe solo un altro piccolo sogno a realizzarsi, perché lei sa di aver già avuto dalla vita molto più di quanto avrebbe mai osato sperare.

Angela, Davide e il piccolo Tommy vivono a Ibiza, in Spagna.

Dopo un paio d'anni vissuti a Berlino, dove Davide era stato assunto da uno dei suoi clienti storici come manager del rischio credito presso la sede centrale della banca, si sono trasferiti con il bimbo nella famosa isola del Mediterraneo. Hanno comprato una vecchia finca con un grande giardino nella brulla campagna del nord e l'hanno completamente ristrutturata.

Dopo aver respirato la tensione della capitale tedesca – ostaggio dei flussi migratori che sempre più a fatica possono essere controllati, degli attentati che ancora, anche se in minore misura rispetto al passato, mietono vittime e della violenza dei neonazisti – Ibiza è apparsa loro da subito come un paradiso terrestre. La posizione geografica permette infatti un controllo accurato degli ingressi e solo nella città vecchia e all'entrata delle discoteche si incontrano agenti armati e metal detector. Il mercato del divertimento notturno sta richiamando nuovamente i giovani da tutta Europa, in risposta al bisogno di evasione sempre più tangibile e in virtù proprio della fama di Ibiza di essere un'isola pacifica.

Angela insegna in un liceo di Eivissa e Davide lavora in una piccola agenzia di assicurazioni spagnole. Sono felici e aspettano da tre mesi una sorellina per Tommy.

Davide ha saputo che Valeria ha ottenuto l'annullamento del matrimonio dalla Sacra Rota e che si è risposata. Ha avuto una femmina.

Una domenica mattina di un paio di mesi fa, Angela e Davide stavano facendo colazione in giardino e lei sfogliava una delle tante riviste dell'isola destinate ai turisti e ai ragazzi che arrivano in estate attratti dalle discoteche, quando il titolo "André&Roger en la Isla" l'aveva spinta a leggere l'articolo. I due dj e produttori di origine italiana erano attesi ad agosto a suonare a Ibiza in una delle discoteche che negli ultimi anni stava vivendo un nuovo successo. L'articolo-intervista ripercorreva la carriera del duo e si concentrava sull'episodio di un anno prima: i due erano stati chiamati a suonare ad Amsterdam e dj Roger raccontava delle grandi difficoltà che avevano incontrato per avere i Visti. Dopo lo spettacolo, all'aeroporto, già in fila per i gate, i due si erano guardati in faccia ed erano tornati indietro facendosi strada tra la gente che avanzava lenta in senso contrario. Poi finalmente si erano baciati in pubblico. Da allora vivono tra Amsterdam e Berlino. Angela aveva riletto più volte quella pagina e ad occhi chiusi aveva pregustato il momento in cui dalla consolle li avrebbero visti a sorpresa tra il pubblico e lei avrebbe potuto riabbracciarli. A Davide aveva detto solo: "Amore, ad agosto andiamo a ballare!" Era felice e in pace.

Luca e Clara avevano seguito Sara e Matteo fino ad Anversa e lì sono ancora oggi. Dopo aver lavorato come cameriera, lei, e come aiuto cuoco, lui, hanno aperto un loro piccolo ristorante di fronte al mare.

Lei è sposata con una fiamminga alta e bionda, mentre lui sogna il grande amore, ma intanto si lascia intrattenere da passionali relazioni occasionali.

Il Casale dell'amore continua a ospitare amanti e innamorati sotto la guida attenta e sicura di Aida, che intanto ha completamente ristrutturato il grande vano cantina-lavanderia prima inutilizzato.

Ogni settimana manda con il fax una lunga lettera a Sara e accoglie sempre con grande emozione la risposta dell'amica.

Sara custodisce da anni sul comodino uno di questi scritti con particolare affetto.

Mittente: Aida – Portonovo (Bo)
Destinatario: Sara – San Francisco
Data: 15 ottobre 2031

Mia amata amica,
ti scrivo per informarti di una cosa che sono sicura approverai, ma che voglio condividere con te. Ho provato a dare ospitalità a quattro "randagi" – che brutto termine – amici di Ivan. Sono tre bimbi sbruffoni, insolenti e dolcissimi di sei, nove e dieci anni e una bimba di sette, più selvatica dei maschietti. Si sono dimostrati allergici ai lettini e alle mura domestiche. Ho trovato una soluzione, non senza la loro cocciuta resistenza: li ho fatti accampare in alcune tende, al sicuro – e al caldo per l'imminente inverno – nella lavanderia.
Vorrei, col tuo consenso, usare i pochi guadagni accantonati dalla gestione ordinaria del Casale per fare dei lavori in modo da rendere quella stanzona qualcosa che assomigli a una casa, ma che non li spaventi. Che dici di raffinati piccoli box?
A scuola hanno già fatto storie per non denunciare alle autorità Ivan... figurati!!
Insegnerò io loro a leggere, scrivere, fare i conti, parlare le lingue e ad amare l'arte. Quando non saranno più in pericolo di essere catturati, credo che monetizzerò il dono prezioso che mi hai fatto per garantire a loro e a Ivan un futuro sereno!
Ti stringo al cuore

E bacia Matteo per me.
Aida

L'Italia è scossa da un'ondata di proteste studentesche.